北新桥的传说

萧平 著

中国民族文化出版社
北 京

中国民族文化出版社
北京

内容简介

    本书运用诗歌的语言，讲述了作者与儿时伙伴们在北新桥一带一起嬉戏、游玩、冒险的成长经历，特别是与恋人的相识、相知、相惜，但经历时代与环境的变迁，最终慢慢失去，继而无限惆怅进入"幻境"，希望失而复得却不可得，因而无比怀念的心路历程。全书使用诗歌的语言，并将北京话巧妙运用其中，读来生动活泼、平易近人，于文字中可以感受到作者的真挚感情，以及对逝去时光的追忆。

献给儿时的记忆与乡愁，以及母校和北新桥福地

忆昔少年初相识，

忍看风中落英。

长溪照月细无声，

春花怒放里，

乡愁到天明。

二十来年如一梦，

此身虽在堪惊。

悠悠岁月醉升平，

伊人堪底事，

惊梦起三更。

《临江仙·乡愁》

目 录

○ 十五年后 ○

北
新
桥
的
传
说

第一章　梦回少年

匆忙里，

难计似水流年。

恍惚中，

虚度日日天天。

曾经好友同窗，

不觉时，

渐行渐远。

时光啊，

总是留下遗憾，

让人感叹。

偶尔路过一个小区，

揣摩是否儿时放学经过的胡同？

那迷茫温馨的落霞里，

如今只见冷峻的大厦参天。

光洁的水磨石地面，

细雨后觉得危险，

一个滑倒的孩子爬起来神情异样可笑，
又勾起一生都倍感辛酸的怀念。

也是这样一个炎热的下午，
雨后的泥泞令我滑倒路边。
青石台阶撞破了头，
满脸是血煞是难堪。

门洞里走出一个女孩，
轻声地"哎呀"停住脚尖。
还记得雪白的袜子黑皮鞋，
好像是格子的连衣裙衫，
一条乳白色缎带挽住飘柔的秀发，
清丽的嗓音娟润温婉。

她拉起我泥湿的手臂返身走进院落，
直到北屋前。
门开处一个中年妇女端庄伫立，
那是一张娴静的脸。

后来她给我上药包扎，
头颈感到她手臂的轻缓。
臂腕上一块精致的金色坤表，
晶莹的灵光在眼前频闪。
离眼睛太近让我能看清那表盘上的徽标，

圆形下面掰开个缺口，

是一款名贵的品牌标志。

那天还谈了许多琐事，

原来她女儿与我一个学校，

低两个年级同是二班，

她爸爸是个干部还是什么没及细讲，

但当时是在外地上班。

女孩在一旁静默不语，

我忽然发觉见过这张秀气的脸，

继而想起少先队入队仪式上是她的发言，

这让我的态度顿时收敛。

还瞥见写字台上书包旁是一本翻开的诗集，

一支纤秀的铅笔盒压在上边。

果戈里还是普希金，

看不清因为距离远。

沿墙那一溜伫立的书橱，

丰富的藏书令我惊叹。

她妈妈注意到我的目光，

说等包好了头再去看。

隔门的珠帘后还有一架大钢琴，

不远处五斗橱上有个大收音机在上边，

包好头女孩就从堂屋带我来到这里间。

一座厚重的落地钟伫立墙边，

深沉的颜色让人觉得年代久远。

雕花玻璃砖后面明亮的铜摆，

发出的声音轻微有限，

看着它的摆动沉静超然，

象征着生活节奏的一板一眼。

心想这古董一定见证了这位小妹的成长，

它那脚步永不疲倦。

大钟上方有两幅油画，

一幅是一处美丽的田园，

像是一篇童话里的情境。

树林深处有一座小屋，

有个小姑娘在那里边。

记得小时候做梦去过这样的地方，

不过那已是很久以前。

另一幅充满异国情调，

有许多圆形尖顶的建筑在残阳里边，

秋林与河水的反光灿烂辉煌，

那份儿夕照里的幽静叫人有点儿伤感。

屋顶上是那种老式的吊灯，

样子考究还垂挂着用于升降的精巧滑轮铰链，

淡紫的玻璃罩下是三只百合形状的奶色沙泡。

花几上端放着一座正在摇头的黄铜电扇，

这才觉得有一股凉爽的和风在发散。

看着那红木镶银扇座上的按钮，

就像是一粒发光的宝石猫眼。

我不自觉地站在那里发呆，

转过头正想再看看另一面墙上的照片，

瞥见还有一扇门虚掩，

门里隐约飘出一缕幽香，

感觉那应该是她家的卧室在里边。

猛然感到一种尴尬窘迫，

挥手蹭了蹭发烧的脸。

怎么我竟这样放肆，

在女孩家里东看西看，

被女孩儿轻轻"哎"了一声就转头释然。

这儿的颜色和布置特别和谐，

一种温馨舒爽的气息到处弥漫。

那感觉十分奇异舒适，

有种让人依恋的温婉。

斜阳的照射有点儿光怪陆离，

五光十色眼花缭乱，

原来是高窗上的彩色玻璃折射的光斑。

抬头看见这玻璃时忽然感到心惊，

那颜色和花样如此美妙，

鬼斧神工得像是来自上天。

更不可思议的是这女孩儿，

在那玻璃的映射下她周身竟笼罩了一抹光环。

她的举止无限娇柔，

那形影宛如花神般灿烂。

她身后宽阔的窗台上摆放着两只青瓷花盆，

一盆是文竹，一盆是蝴蝶兰。

我手扶着钢琴突然被钉住在那儿，

那情景突然唤醒了我一个遥远的梦幻。

那梦境依稀来自灵魂深处，

还绵延着一缕莫名的挂牵，

并夹带着许多的惶恐不安。

那是前生还是来世，

一时想不透也悟不圆。

同时想起美术课上一张设计作业还没完成，

一定要记住这窗玻璃的色彩和图案。

对了，

还有地上那些美丽的花砖。

女孩天真地问我怎么了，
并告诉我这钢琴是姥爷生前的最爱。
那都是因为早年过世的姥姥擅长此道，
而现在妈妈也经常教她弹一弹。

我嗫嚅着说：
"弹一曲给我听好吗？"
于是她转身柔婉地在琴凳上坐稳，
素手翻开琴盖，
鞋袜包裹的秀丽纤足，
从容踩住钢琴的踏板。

灵巧的手指在琴键上跳荡，
奏出的旋律我不熟悉，
等停下再问是哪曲哪篇。
只觉得恁般的悦耳清澈，
颇能叫人浮想联翩。

啊！
忽然从她身后又出现了那圈金色光斑，
那光色托起的是一尊无比圣洁的丽影，
恍惚中叫人有点儿不敢看。

"哎，

媛媛，

弹得不好别在大哥哥面前显。"

这时她妈妈掀开珠帘站在我们面前。

"不，

阿姨，

她弹得真好！

就跟我们音乐老师一般。"

说着话，

却还盯视着女孩儿，

心想刚才是否她发际的反光让我晕眩。

"同学，

喝点儿什么吧？

有橘汁儿，

还有花茶你尝尝看。"

"谢谢阿姨，

我想借本书。"

"那来吧，

媛媛快去帮忙挑选。"

然后我们就开始在书橱里翻阅，

不知不觉天光就已向晚。

离开她家时已是落霞满天，

怎么好意思再在人家里吃晚饭。

左手握着一本跟她借来早就想看的书，
一种什么意识有些翩然。
右手摸着额头上的纱布，
萌生着一种莫名的快感。

孩子的天性是来得快去得也快，
隔日头上又一片天。
额上的伤痕成了同学们的笑柄，
一位老师开玩笑：
"破了相将来一定当不成官。"

几天后的一个早晨，
校门口忽然碰到了那个女孩。
她跑过来从书包里掏出一块东西，
走近了才看清是那晚落在她家的手绢。

手绢已洗得干干净净，
似乎还夹带着一缕香甜。
这一幕让班上同学看见，
于是就出来好多流言。

直弄到班主任看我的眼神都不太对，
就赶紧去办公室跟老师分辩，
可在一堆老师前窘迫慌张，
说话还倒四颠三。

班主任宽厚地嘱咐一定要专注学习。

离开时有人小声说：

"这孩子谎都撒不圆。

他说的那个女生我们知道，

是三年级大队委的人选，

可别让您班这坏蛋给诓去路边。"

他们肯定还说了更难听的话，

让我的心情愤怒又伤感。

逢到校乒乓球队给同学做表演，

我的球台旁竟是那女孩的三年二班。

她是班长带队来看，

把我搞得心烦意乱。

我在队里就是台柱子们的陪练，

平时老充当别人赢球的垫板。

之所以还赖在这里不走，

纯粹是有借口不去午自习，

或者借练球儿到处去玩。

这回对面是个外地随家长刚转来京城的硬手，

正想在新同学面前露露脸。

后来不用说我输得一败涂地，

对手得分时欢声雷动叫好连天，

而我赢球时掌声寥落似寂水孤帆。

因为喝彩人少让我认得清有那女孩，

真想有个地缝往里钻。

那次赛事我垂头丧气，

队友们奇怪我怎么突然注重脸面。

心情不好在教室待到很晚，

晃晃悠悠离开校园。

到传达室忽然见到女孩，

显然她已等了半天。

见到我就举起一只球拍，

这才想起散场时我连球拍都没拿就滚了蛋。

街上路灯又已亮起，

晚风吹拂着我落汗的脸，

也掀起她裙衣上的披肩，

扭头看去她侧影十分好看。

浸润着一份少女的娇柔，

飘洒着一种婉约的嫣然。

我说谢谢你这样关心别人，

所以就当班长领导一个班。

她浅笑着说：

"什么班长？

就是帮老师多干点儿事儿，

偶尔也打过几下乒乓球，
但没想将来去当运动员。
爸妈对学习问得最紧，
所以习题和分数都最认真看。"

关于运动员的说法是否是给我的安慰，
因为单纯的她也许没那么深远。
忽然我觉得这真像我的一个好妹妹，
而亲妹妹太小还无法跟我探讨意愿。

还有个弟弟性格不同，
不适合与我倾心攀谈。
至于比妹妹再多些什么，
还不是我们该有的内涵。

不觉中已走进了她家的胡同，
她停住脚步：
"到我家一起吃晚饭吧，
妈妈曾说有空请你再来玩。"

忽然感到这是个需要勇气的决定，
想去又不敢，
何况明天还有数学测验。
未及告别就匆忙转身跑了，
老远又回头搜寻那身影，

啊！

她真的还站在台阶上边！

最近有件事一直困扰着我，

我拿不准那回是不是这婵娟。

当时她们都还没加入少先队，

因为没见有红领巾戴在胸前。

那是学校春游时的一件事，

发生在今春的颐和园。

来颐和园第一件事当然是攀登佛香阁，

但闯过排云殿时一个个都已呼哧带喘。

尤其是男生没人愿意歇会儿再爬，

着急的是随行的年轻老师们和辅导员。

男孩们面红耳赤张着嘴瞪着眼，

湿漉漉的头发上都是蒸腾的汗。

你追我赶地看谁是最先上来的，

终于蹿到了大金佛的莲花座前。

人还没找齐已被这极限处的风光看呆，

明媚的朝阳和着春光灿烂。

瓦蓝的天际有莺燕在翱翔，

辽阔的春湖上飘浮着轻烟。

幽蓝素白间杂着鲜粉嫩绿，
春花与远湖宛如仙境良苑。

清平世界携着和煦的春华，
横斜的画舫游船斑斑点点。
远处是西堤传说般的幻境，
十七孔桥坐看着岁月流年。

视线延伸舒展到碧野千顷，
西边天际书画着万仞千山。
脚下鳞次栉比着金碧辉煌，
是王朝时留下的皇庭别苑。

回头转身高仰处碧瓦悬铃，
绕梁的余韵吟唱九曲梵天。
风从洞开的门窗裏挟穿过，
述说伟大民族悲壮的变迁。

众香界庙宇冥神千尊佛像，
谱写东方文化的奇伟长卷。
漫说凡人于此境忘乎所以，
此绝世名园足可迷倒众仙。

从铜亭经画中游一路跑下来，
中午时全校在云辉玉宇牌楼下发饭。

排云门外长廊里都是同学，

各班级的卫生和生活委员都忙后忙前。

我看着班委何筠这女生有些不忍，

她跟老师发食品几乎吃不成饭。

于是我凑过去帮她忙，

怕人说闲又拉上了刚跑过来的笑楠。

何筠目光中飘过几缕感激，

而笑楠冲我直翻白眼。

吃饭时他非要喝我的汽水，

说陪我给女生献殷勤不能白干。

老师和辅导员布置下午的计划，

大家分小组选择景点，

向西去的到玉带桥和石舫必须折返，

东边的可以去玉澜堂大戏楼和谐趣园。

愿意划船的同学找体育老师报到，

当然家长是否给够了钱。

同学们太小公园方面拒绝出租小划艇，

要求由老师带领上画舫游览。

每个组不能少于五人并必须有一名组长，

至少是少先队小队长才能过关。

注意太阳那么高时大约是四点，

没把握可以问问戴手表的游人，

误了事耽误的可是大家的时间。

所有人必须在这时到长廊东端，

在那里中队委何筠同学等大家，

小心都不可以去到后湖那边玩。

因为那里水深人少还容易迷路，

最危险的是岸边全都没有栏杆。

当然教导处老师会在路口值勤，

但同学太多不是所有都能圆满，

比平时更要突出集体的纪律性，

所有人不得有误掌握需要从严。

我和兆康等几个男生弄了一个组，

没人爱把组长干。

最后决定大家都是组长，

但在班长那登记得我去办。

因为这组最大的官就是我，

一道杠的少先队小队委员。

正好几块料都是我们小队的，

也就无所谓长不长的来装蒜。

我们从大戏楼那边过来还在一起，

然后是在谐趣园失散。

说好玩的是捉迷藏，

结果是谁都找不着谁了，

我一人百无聊赖地跑上了后山。

游人较少踏入这边厢，

树荫浓郁又缺少景点。

跑跑颠颠一会儿的工夫，

又在"紫气东来"的城关兜了个圈。

教导处赵老师守在谐趣园外北岔路口，

正在阻挡同学给学校把关。

只见她正在盘问几个低年级男生，

我从山坡树林里穿过她没看见。

山爬累了看到路旁一青石长凳，

顺势躺上了这方石板。

阴凉的感觉十分舒适，

欣赏着树叶缝隙中晴空的碧蓝。

挥臂伸腿自鸣得意，

吓得几只大蚂蚁到处乱窜。

翻身坐起来东张西望，

寂静中能听到林中很远。

好像什么地方有女孩的说话声，
于是想象能否遇到狐仙。
邻居大伯给讲聊斋故事，
女狐狸精都特别好看。

使劲扒拉耳朵证明不是做梦，
确有女孩的说话声不近不远。
穿过二十几株古柏又绕过若干灌木，
一座有些破败的山亭出现在眼前。

亭子一侧几树桃花正迎风怒放，
有雏鸟的啾鸣在那花丛后面。
几个女孩在亭栏旁正鼓球什么，
其中一个被推扶着站上了围栏。

只见她艰难地一手抱着亭柱，
另一只手上有只小鸟楚楚可怜。
显然她们想把小生灵拯救，
半枯的无名树杈上有鸟窝一盏。

再看那距离显然还差一截，
急得几个女生满头是汗。
我已来到亭侧高高的青石台下，
她们都聚精会神地望向树尖。
我正犹豫如何告知她们，

这件事情我可以搞掂。

可是忽然我注意到了另一桩事，
确切说是看到了一处怪诞。
那上面的女孩使劲拉高，
抻开了裤子里面的背心衬衫。
袒露出细皮带上一段雪白腰腹，
一帧小巧的双头鸟贴于肚脐下面。

那鹰徽图画趴在她凝脂般皮肤上，
颜色是绛紫叠着鲜蓝。
幽婉的腰肢玄巧的身姿，
一时看呆了我的双眼。

无意中一垂眼睑她看见了我，
吓得"呀"一声歪斜了身段。
几个女生拼命抱住她腰身，
手中小鸟喊喊啾啾落向我跟前。
急中生智我拽起衣襟，
小鸟便落在我上衣里边。

然后我示意她们退下，
这救赎现在让我来管。
把小鸟送上那巢穴费了点事，
这个活物儿娇小又瘫软。

019

安顿了它跳下来匆匆告辞，

对那个被吓着的女孩没敢多看。

瞟了两眼感觉是个很美丽的女生，

鬼神知道她身上那小鸟是为哪般。

一边疾走一边猜想是否误了集合，

只听见身后她们在喊：

"谢谢大哥哥！

大哥哥再见。"

忽然一个女人的声音响亮焦急，

"原来你们在这儿啊，

知道这里有多危险？

老师怕你们掉进后湖，

怎么跑出来这么远！"

这老师的声音有些耳熟，

也没心思听她们的事端，

春游跑丢了孩子的事时有发生，

但这也是对同学的锻炼。

"我们是为了救小鸟。"

一个女生说。

后面的话就听不大见。

那够树的女孩不会是她吧？

老觉着她跟那女孩有点撞脸，

当时不好意思仔细端详，

怕人察觉我盯着人肚子看了半天。

要是的话显然她也没认出来我，

那回的接触毕竟短暂。

入队仪式上由于离主席台近，

所以不会认错她这张脸。

那回要真是她就更神秘了，

怎么还有只小鸟趴在她肚脐下边？

那小鸟还有两个头，

一左一右真挺好玩。

这个纹样仿佛哪儿见过，

一时又想不起是何方图案。

等有机会一定要弄个明白，

可这种事怎么跟女孩家问长问短。

我的学校是一所名校，

教学卓著成绩斐然。

坐落于东四北大街的府学胡同，

校址曾是民族英雄文天祥被囚禁的庭院。

校内屋宇亭榭都带凛然气，

古柏苍翠翘望着浩浩长天。

学生没有一千也不少于八九百，

同门一场互不相识绝不新鲜。

当时连她们几个是哪个学校的都没问，

谁又知道后来还有现在这段。

跑到长廊东头时没找到我的班级，

邀月门前慌不溜秋地左转右转。

终于在乐寿堂那块败家石下找见了何筠，

还有班长中队主席杨玉轩。

旁边还有俩也迟到了，

是淘气鬼吴巨和他同桌李兰。

老师让那俩干部多留会儿，

把迟到不守纪律的聚敛。

这时一位解放军叔叔领来了另一个女生，

涕泪涟涟的于红莲红着眼。

何筠和她一块鞠躬谢过叔叔，

然后问她怎样和伙伴失联。

"我在石舫那去买冰棍没招呼王小璐她们，

结果回来时大家都不见，

那叔叔看我急哭了就耐心问我，

然后我就跟他来到这边。"

你买冰棍不跟人说谁知道等你？

结果吃独食害你找不着南。

我这么想着何筠和班长说人齐了走吧，

大家都在东门等咱们回还。

忽然我想起何筠曾想和我讨论《红与黑》，

顺便就问她看没看完。

那次我串座位撞了她的课桌，

结果一本厚书滑落地面。

这显然不是课本作业本，

《红与黑》的书名映入眼帘。

这女生慌忙捡起塞回位子，

但显然她意识到已被我看见。

这偶然的发现让我不想放过她，

并相信她从我眼神已经了然。

放学后她照例要与值日同学归置教室，

她是班里的卫生委员。

我等她最后走过来时问她借这书，

并告诉她曾在爸爸学校图书馆要看被阻拦。

我对爸爸说这是世界名著，

爸爸说等你长大再拜读不晚，

尽管是名著也不是都适合小孩子，

你最重要的是认真把基础课修完。

何筠说她妈妈也是这样讲的，
说这书不属于儿童文学范围。
她还要再跟妈妈讨论讨论，
无奈妈妈说这事等高中大学再谈。

然后妈妈就将这书拿她房间去了，
这书原本是趴在爸爸一只旧箱子里面。
可妈妈越禁止越激起她的好奇，
一次收拾房间又把这书拿回手边。

怕妈妈发现先塞进了书包，
结果忘了收进装着日记本的小抽屉里边。
妈妈和爸爸承诺不经允许不看她的日记，
这书放那会很安全。

要不是那一下撞得太猛，
这个事情本不会被发现。
她知道课桌里藏课外书是违反了条例，
我们商定这事绝不外传。

何筠是一个优秀女生，
我发誓及时归还绝不食言。
一周后我还书时她才松了口气，

如释重负地眉目舒展。

那一周她见我总是眉心微蹙，

这女孩优雅的焦虑非常好看。

"看完了？"

她问，

"于连这个人好还是不好？

我在一个广播节目里听到说，

他这个家伙并不是坏蛋。

说他是代表了先进的势力，

什么先进势力要让他领班？

不能找个好一点儿的人吗？

非得要依靠这个道德沦丧的青年。"

"噢，

不是的何筠，

这也许就是爸爸妈妈们的意见。

大人们断定咱们理解不了，

所以不赞成过早阅览。

可我想大概会是这样，

感情不严肃不影响他的革命志愿，

不就是有过为了革命假扮夫妻吗？

为欺骗敌人就不能太过检点。"

我看见了何筠疑惑不解的神色。

"难道你赞成于连出卖情感？

你长大了要是学他，

那你真让人害怕和危险。"

"我怎么会呢？

首先那是法国作家编的古代故事，

另外那个于连有一张白马王子的脸。"

忽然又看见何筠稍显痛苦的表情，

让我的情绪有点不安。

"你攥得我好疼。"

说着她使劲把素手拽开我的抓按。

我一下子觉得十分尴尬，

抬头看见了班长和吴旭他们捂着嘴的笑颜。

这是我的一个怪癖坏习惯，

不自觉地爱抓女孩子的手腕。

小时候没人觉得这算啥毛病，

但长大了就很让人反感。

爱抓女孩从不拉男生，

为此上学后挨过爸爸两次打，

是老师委婉地在家长会后跟爸爸谈。

东门负责收尾的是教导处的杜主任和两位体育老师，

他们是站在仁寿殿东侧把关。

然后还见两个臂带三道杠的女孩，

是少先队两个大队委在左右手边。

这是一对姊妹花叫宋婧宋琳，

艳丽端庄的一双并蒂莲。

妹妹宋琳是四年级的翘楚，

姐姐宋婧就在我们班。

她老远看见了何筠就打招呼，

看见了我显露出惊讶的嘴脸：

"怎么你也迟到啦？

这么缺乏纪律观念。"

在她面前我特别不好意思，

一年级刚认识时我就爱抓她手腕。

她一向倒也没说过啥，

只是有一次学校的活动邀家长参观，

那以后我就挨了爸爸一顿打。

爸跟妈说，

人家女生的家长非常不满。

后来还抓过女孩子的手，

但对这个大队委已经是不敢。

我说我不是有意要这样，

一种下意识的行为使我难堪。

一众男生冷笑揶揄：

"是吗？

可是你拉手有一个特点，

那就是被拉的女生都十分好看。"

步出公园东大门时广场上好不热闹，

来往穿梭的大轿车数也数不完。

公交公司的叔叔阿姨们帮忙维持秩序，

并调度着车辆连跑带喊。

各校的领导还有老师和辅导员们，

有的吹哨，有的用手势指挥着同学的行进路线。

五花八门的组织方式，

喜怒哀乐的丰富容颜。

首都春天的一个假日，

皇家园林的一番盛典。

喜悦欢乐伴着疲惫和满足，

也不知有多少所学校春游在今天。

大轿车开上通往市区的林荫大道，

沿途经过高等学府若干。

其中就有大名鼎鼎的清华北大，

老师一个个给大家指点。

同学们则是一个个瞪圆了眼睛，
争相一览这些理想的圣殿。
接近市区时车速慢了下来，
于是大家又开始了连吵带喊。

有的歪头靠背已经睡着，
有的问老师是否又要写作文一篇。
好几个争论起昆明湖西边山上的宝塔，
猜那里是不是香山公园。

许多人知道有一个香山在颐和园西边，
并且山上有宝塔也绝不是误传。
这时坐我旁边的大军纠正大家，
说那座山的名字叫玉泉，
并且说爸爸还去过，
中央首长在那开过会不把你们骗。

有人就问你爸是中央首长吗？
老师说大军爸爸是保卫中央首长的军官。
这回没什么人再说话了，
大军一副洋洋自得的嘴脸。

他无意中伸手抓进衣兜，

掏出了一把钞票至少有一块多钱。

旁边的笑楠见了就喊：

"大军你可真有钱！"

"这是妈妈让我划船用的，

船没划上十分讨厌。"

后来知道他是排队报名时，

碰见校足球队的赵大元。

等待中互相不服决定过招，

与这个六年级大力士掰手腕。

三局两胜输了不服，

五局三胜还是没翻盘。

再回到队列时已换了别的学校，

垂头丧气地跑去找班长入编。

"后来你一赌气就买了两根冰棍，

你买冰棍时老是走单。

哎哟！

救命呀，

老师，

我的胳膊被他拧断！"

老师的座位和我们隔着一排，

此刻欠起身够着大军的手腕。

刚被老师碰到大军就松了手，
笑楠龇牙咧嘴地一旁哭丧着脸。

我正在半睡半醒中似梦非梦，
一下子被笑楠的喊声打断。
梦境中前面走着一个女孩，
那是在颐和园的后湖边。

就她一个人且停且走，
一直不回头看不见她脸。
她好像在寻找什么东西，
停下时又像在沉思着什么一般。

有种说不清楚的朦胧感觉，
让我的心神特别慌乱。
仔细想我害怕什么呢？
是不是担心她掉进湖面。

大概是吧却又像没那么单纯，
一个魔神般力量拽着我向前。
我从背影判断猜测这女孩，
一定应该是我认识的婵娟。

只见她步态优雅腰身匀称，
这样的女孩子我印象中有三。

031

那，

第一个就是大队委宋婧，

我抓过她的手有无数遍。

那种感觉可舒爽了，

后来被爸爸拦腰切断。

第二个吗，

就是何筠了。

她的手今天也不是第一次攥，

还有一次好像也是她疼了我才放手，

要是她妈妈看见一定不干。

第三吗，

第三个是谁呢？

有这么一个人吗？

我苦思冥想天旋地转。

等到被笑楠吵醒我想起来了，

应该是肚脐上有小鸟的那个婵娟。

对她印象是这样模糊，

但总的感觉是十分好看。

她一个人独自在深渊旁漫步，

森郁的树荫衬着幽暗的冥潭。

这氛围是如此恐怖空灵，

仿佛随时会有灵怪自水面和树后出现。

再看她楚楚可怜的倩影，
女孩啊，
我一直跟着你呢，
你为什么不回头看一眼！

我被刹车再度唤醒，
不少同学都在揉着惺忪睡眼。
看来车里安静好一会儿了，
大家东倒西歪地集合在傍晚的学校门前。

许多家长在这儿等了会儿了，
主要是女孩子的家长爱把心担。
一下子迎面看见宋婧姐妹跟她妈妈走来，
慌得我赶紧想要躲闪。

不过她妈妈并没注意我，
宋婧却调皮地眨了眨眼。
我还想看看何筠怎样了，
搜寻了半天也没能找见。

"看什么呢，
还不快走？"
兆康跑过来拽上了我，

我俩一块儿跑向公交车站。

后来有一段跟那个女孩就没再有接触，
只是暑假前校园橱窗里多了两张新照片，
同学们都在议论新添了两名大队委，
三年级那个女生叫徐小媛。

暑假里的一天，
全家去美术馆参观。
人群里一个光鲜的女孩向我召唤，
她的靓丽让周围都多看两眼。

跑到跟前我才认出是她，
那俊美的笑靥让我也愣怔了半天。
她今天的打扮可不是学校的样子，
更抢眼的是那气度的脱俗超凡。
明媚的眼神清纯灵动，
还点缀着手中一把玲珑的小扇。

我们拉手说笑不管不顾，
让两家四个大人都睁大了眼。
她妈妈这时认出了我，
在向显然是她爸爸的那人解释。

而我妈妈也忙走过去搭讪，

加上她一个和爸爸一同来京的表哥还有我弟我妹，

就这样大家相识着，

皆大欢喜地一同进了熙攘的美术馆。

那样的时间过得飞快，

他哥和我弟在庭园草坪上嬉闹欢天。

俩妈聊的是教育孩子，

两个爸爸对艺术的讨论没了没完。

那天分手时说好以后互相借书看，

还得知她爸爸调入京城还需两年。

不过要是知道命运后来的变化，

大概就会又有许多的另类打算。

那天晚餐就说起她，

妈讲那样女孩谁看见都会喜欢。

小妹一旁着了急：

"妈还有比我更喜欢的女孩吗？"

弄得大家都喷饭。

弟弟说那是他们年级的大队委，

不知怎么跟我哥闹得熟练。

爸爸谈到她父亲的渊博，

原来是南京一所大学的教员。

开学后我们常在食堂午饭后碰面，
匆匆换本书便各走一边。
书中的字条说好下次想找的书，
因为许多书家长和老师都不让看。

我想读的杂书比她要多得多，
当然她家的书也比我家多得多。
逐渐害得她为我的学习不安，
字条中总见提醒规劝的话，
并声称复习时这种事不能再干。

突然有一天，
班上的卢刚说要跟我谈谈，
表情神秘又诡异，
弄得我惴惴不安。

操场角落里他开了口：
"招了吧，
和四年级的妞是咋回事？
鬼鬼祟祟已不是一两天。

暑假里美术馆的事我也知道，
真有你的，
伪君子当得可舒坦？

要我保密并不难，

把那支派克金笔借我用些天，

你知道语文老师夸我字写得好，

让写个东西拿去展览。

新鲜劲儿过了还给你，

不耽误你送给大队学习委员，

这样同学中不会有飞短流长。

对了，

还有那不是谣言的谣言。

噢，

当然，

前提是你的事只我一个人看见。

别跟我说那笔你已送她了，

害我干点儿让你难堪的事件。"

我说：

"那笔是我爸的，

借了你我怕谎撒不圆。

那红双喜球拍你拿去玩儿得了，

我爸给买是因为去年考得好，

但还是太贵，

又搭上我多少日子省下的零花钱！

再说那倒霉的校队我也不想再去混饭。"

"得了吧，"

他说，

"你那球拍谁稀罕，

不爱的东西就是破烂。

另外我又不打乒乓球，

要那个玩意儿扯什么淡？

我的蝶泳巳是市体校水平，

我爸正给物色更好的教练。"

这下我猜惹不起他恐怕得照办，

以免后悔就太晚。

我一个无名鼠辈无所谓，

但媛媛是大队委可怎么办？

怪只怪我拿到班上瞎显摆，

好几个爱写字的家伙都眼馋。

这位仁兄字写得好，

水玩儿得掂。

学校组织游泳，

师生都看他矫健的身姿，

博得那么多女生的惊羡。

可他一点儿不怜香惜玉，

而且还这么阴险。

我正纳闷美术馆的事他怎么也知道，
不信这小子还能掐会算？
别是除了他还有人看见，
那样可贻害不浅。

他见我狼狈哈哈大笑：
"哥们儿，
别忘了我爸教书在大学艺术系，
全国美展哪能不照面。

那天本来要招呼你的，
忽见名花在你身边，
就想还是别添乱，
回头恨我一辈子冤不冤。"

后来的日子平静地度过，
逐渐地也不再去借书看。
转瞬即逝又快一年，
孩童很少去计较日日天天。

儿时的一年不算什么，
上课、念书、睡觉、吃饭……
连听带学，
连闹带玩。

只是时时有了点儿惦念，

心中老是多了那张秀丽的脸。

隔几天要是看不见，

就会有些烦躁不安。

有时是步履匆匆的清晨碰上，

有时又是黄昏或傍晚；

有时只是擦肩而过，

有时又是数分钟的说笑攀谈。

又有时为避嫌疑装着互相不注意；

也有时背着人拉拉手，

笑一笑在树下屋前。

大队会上爱看她优雅的举止和语态平静的发言，

学校活动时老是去注意那个心中的二班，

只要能互相看见，

那感觉就很圆满。

北新桥的传说

第二章　北新桥

暑假里返校了，

同学间有个不成文的规矩：

除了对对作业，

还各自将爱好收藏一展。

我是集邮一族，

照例是四五男生三二女孩，

一同拿上邮册去兆康家欣赏把玩。

可晓东和赵辉、尔丁他们邀我去打扑克，

因为是三缺一。

晓东新买了副扑克是塑料薰香，

我心里痒痒的，也想见识一番。

晓东爸爸是位文职将军，

斯时是一位驻外武官。

帽儿胡同的一所大宅，

家里的条件非同一般。

那的居民都是大首长，

041

清朝时是个什么衙门府院。

今天他们张了口约我去，
完了还能去捉迷藏玩。
那里前堂后院的地方不小，
后院那有好些大太湖石的假山。

所以就去跟兆康推辞，
说不妨改日再切磋邮笺。
几个同学有些扫兴，
兆康却神秘地给了我个鬼脸。
说今天不去他家我可别后悔，
然后就拉我到了一边：

"唉，
我家今天还有个聚会呢，
知道有谁吗？
告诉你吧，
三二班的徐小媛。
脸红了吧，
你那点儿鬼事儿，
瞒不了哥们儿三天半。"

"你说什么！
她上你家干吗去了？"

"傻了吧，

她怎么就不能去我家玩？

我姐考上了师大女附中，

和辅导员召集全体大队委，

在我家给姐饯行还吃饭。

外婆弄了好些好吃的，

所以爱去不去你看着办！"

这下弄得我尴尬了，

脸热心跳进退两难。

"要不，

我还是去你家吧，

前几天我爸刚给买了套奥运邮票，

是匈牙利的，挺好看。"

我猜我这会儿脸上一定没有好色^①儿，

因为热浪已从耳根往上蹿。

"算了，

你还是到将军家玩儿牌去吧，

扰了您雅兴多不合算。"

孟宪明这样揶揄着，

这家伙数学特别好，

他那几大册邮集更是年级拔冠。

---

① 色，此处，念 shǎi。

"又不是去你家，

兆康没说拒绝我，

就是要去看你咋办？"

"咋办倒是也不能咋办，

怎么刚才不这么说？

这脸变得也快了点。"

"让他去吧，

兆康既没说什么，

咱们何必来挑眼，

他是醉翁之意不在酒。

我还知道兆莲姐请大队委们吃饭，

当然也有三年级那个学习委员。

之所以原来要罢咱们的课，

是他刚才不知道还有这段。"

这个捣蛋鬼梁笑楠，

吐这份槽让我难堪。

爱接老师下茬儿是他的特长，

偏找人不爱听的瞎侃。

但他的邮册也十分了得，

什么飞机坦克加大炮，

外加枪械和军舰，

五花八门的各国国旗纪念日，

还有童话和宫殿。

旁边又有俩挎着邮集的女生捂着嘴笑。

不管怎样我让人说吧，

死猪不怕开水烫了，

谁让我知道得这样晚？

既能见着媛媛还有好吃的，

跑去一旁偷着喜欢。

检查作业的事用不了多一会儿，

各学习小组长汇报连连。

大家想都不想就嚷嚷着通过了，

叽喳玩笑中就把程序走完。

不完成作业是最大的耻辱，

哪个愿意在这儿现眼。

孙老师忙着喊班干部们开学前的注意，

另外回家还得注意安全。

今天谁没到校老师得掌握，

各组组长拿统计表到老师那签。

同学们仨一群儿俩一伙儿各有各的忙，

九点刚过就作鸟兽散。

045

我觍着脸跟着兆康一干人等，

直奔北新桥石雀胡同 5 号而来，

那是座宽敞的大四合院。

北新桥，

地处京城东北一隅，

向东连接一交通干线，

这里通向郊区的密云和顺义，

首都机场就在二十公里开外，

又与北面的安定门德胜门比肩。

向南是朝阳门建国门的通衢大道，

去往通州天津方向一路通天。

这东直门城楼扼守着皇城的东北方向，

眺望着京畿北部的群山。

从东直门向这里一路西下，

便是东城的第一处繁华。

说是新桥不知新在哪里，

并不见河湾水道点缀其间。

所谓桥恐怕早成了学者的课题，

只知道我这家城的历史久远。

街巷胡同里有说不完的典故，

没文化的也能跟你聊上几天。

046

老师说北京作为国都始于周代，

是古燕国的都城矗立其间。

历史绵延了数千载，

明清时各方面达到峰巅。

今天她是我伟大祖国的首都，

生于斯长于斯也不能挑选，

仅这一点便足以令我等骄傲。

啊！

我的家城，

你在此竟屹立了三千年。

兆康这家伙还真不错，

看来他知道我和媛媛。

连他都知道了这事还成啥秘密，

不过这又不犯法，

知道就知道又能咋办？

但心里还是不太自在，

好像这不能算是啥光荣的事，

总归还是有些不大自然。

对了，

兆康阿姐去了新学校，

这可是他和弟弟兆明一大庆典。

都知道哥儿俩被姐给训得笔管儿条直，

哪个男孩愿意给人这样管?

这兆康姐弟仁人跟着外婆过,
爸妈都在石家庄公干。
姐姐兆莲是我校少先队大队副主席,
校内校外都名号不浅。

平时不见这位阿姐张扬,
听老师们说组织啥活动的颇为能干。
跟她比弟弟们逊色了不是一星半点,
兆康行二只是个学习小组长,与我同班。

都知道俩弟弟特怕阿姐,
只要是没有姐在,
哥儿俩总是喜地欢天。
班主任孙老师一来就爱说:
兆康这等淘气鬼,
老天让有一个姐姐管。

阿姐升学考上了好学校,
又喜又悲的据说是大队辅导员。
逢人就说走了个得力学生干部,
害老师又忙着在大队委中挑选。

那兆莲虽是女生却恁般干练,

这等干部不太好拣，

需要有点花木兰的气魄，

还得会点穆桂英的手段。

区里市里有个啥活动之类的，

我校少先队学生的表现很给他长脸。

还从媛媛那知道阿莲对她十分钟爱，

总爱把媛媛带在身边。

老不喊媛媛名字而是直呼妹妹，

一来就搂搂抱抱亲密无间。

当然媛媛是一个没有敌人的女孩，

辅导员和班主任都是这样谈。

却说这阿莲更有几许英雄故事，

在师生们之间传为美谈。

当年内蒙古有一对英雄小姐妹，

为保卫公社羊群和暴风雪周旋。

我一直想象那姐妹俩一定也斗过草原恶狼，

所以才会有那般勇敢。

阿莲却真的斗过狼，

是两头色狼而历了险。

另外还在区中小学运动会上露过一手，

简直就像是侠女一般。

淘气鬼在她的好看面前总是傻眼，

让她多看一眼怕吉凶难算。

爱捣蛋的家伙也大都听凭调遣，

都知道她时不时爱上演全武行，

而且占她便宜的确难。

再说就算赢了又能咋样？

没人欣赏能打败女孩儿的傻瓜蛋，

况且她是头儿又站理上，

哪个浑球儿敢不收敛？

女孩子们就更甭提了，

她生气时碰一下都叫人胆寒，

于是和颜悦色就把事情办妥，

从来少有叽叽喳喳，

也很少见麻烦纠缠。

遴选大队文体委员时，

有老师嫌她不能歌善舞，

但辅导员却一锤定案。

召集会议举办个活动，

她一出现就秩序井然。

还有兆康兆明这兄弟俩，

一个是我同班，

一个在二年级念，

也都让阿姐欺负得可怜。

姐是猫，

他俩是耗子。

谁要是跟他俩闹了别扭，

只消说去姐姐那告状就搞掂。

爸和妈工作都在石家庄，

家里当然是姐说了算。

家务劳动学习计划都井井有条，

不许让外婆操心麻烦。

最可恶的是哥儿俩还得常陪姐练拳脚，

要是不依有两条道选：

那就是罚站和不许吃饭，

每到此时只有外婆能救哥儿俩。

结果同学们都知道，

跟兆康动手并不好玩。

不过兆康曾对我说，

等他和兆明长大了，

第一件事就是跟阿姐把总账算。

话说那回春季运动会，

在宏伟的工人体育场是一年多前。

能在那个大名鼎鼎的地方不当观众，

师生们面前十分光鲜。

各校来的选手技能都出类拔萃，
但道德品质却不是个个过关。
我校女生邻队的某中学男生，
借故问事接近了兆莲。

言语粗鲁动作还不礼貌，
忽然就超越了女孩的底线。
他仗着人高马大还挺得意，
没留神阿莲已柳眉倒竖还睁圆了杏眼。

后来众目睽睽之下谁都没看清怎么发生的，
只见那男生捂着小肚子叫喊。
喊声招来了两校老师和比赛组织者，
由于比赛在即先息事靠边。

结果短跑阿莲成绩骄人，
加上刚才的事让大家都刮目相看。
人们见识了这位赛道上的神速魔女，
还有人刚领教了她这罗刹红颜。

比赛快结束时一个老师带着那不笑的家伙，
唯唯诺诺来找阿莲。
一脸尴尬地认错并求原谅，

一迭声儿地对不起和道歉。

声称组委会说若无阿莲的认可，
这个处分绝无宽限。
该校也拿了几枚奖牌，
但全队上下丢不起这脸。

阿莲还以不屑的眼神，
然后冲那老师真诚地开言：
"大哥哥们应该给我们做个好榜样，
怎能拿名誉这样来玩？
他爸爸妈妈也一定会批评他的，
这样的场合竟然还敢？
我希望他吸取这个教训，
原谅他改正不许再犯。"

那老师眼神里无限感动：
"那我也代他家长谢谢小同学了，
改日与家长再登门致歉！"

"不用了老师，
有时间好好学习，
努力锻炼，
做个好人大家喜欢。"
这会儿同学都换下了运动服，

女生们在卫生间擦洗了一番。

阿莲的态度既若无其事又英姿飒爽，

左臂上的三道杠格外显眼。

领完奖领导老师们关注着这个小姑娘，

赞赏的神情在眼角眉间。

教育局领导是位四川口音的叔伯，

惊喜爱抚地表态发言：

"这女娃子真好禀赋，

辣子靓妹，

真好手段。

不怒而威，

女王风范！"

又一件事发生在这年秋天，

这事听来还真有些凶险。

在辅导员小李老师的主持下，

一众大队委们的工作颇具章法，

我校少先队受表彰连连。

那次与辅导员制定完计划，

不知不觉天色已很晚，

又在老师办公室做完作业，

结果就已快到十点。

北
新
桥
的
传
说

收拾起书包准备回家，

辅导员不安地低头把表看。

建议与自己女友王老师一起，

在学校单身宿舍将就一晚。

兆莲摇了摇头：

"您不用担心我不怕的。"

推门说了声老师再见。

彻夜不归会急坏外婆，

另外二年级的小弟前天没交作业，

这两天大队工作忙还没抽工夫管。

天黑后回家外婆嘱咐一定要坐公交，

并走大路不许贪玩。

可这六路无轨左等右等就是不来，

两站地干脆把胡同穿。

深秋的夜晚街上行人已不多，

瑟瑟秋风裹挟着薄寒。

阿莲不由地加快了脚步，

向东拐进了小巷里边。

紧走一气抬头看，

啊！

这不是自家的石雀胡同，

不慎闯进了板桥胡同里边。

右边四层楼高的建筑是个排练场，
那里是中国杂技团。
去年爸妈从石家庄回京，
带她和弟弟们来这里看老同学，
很久都忘不了那个快乐的星期天。

可现在的情形有点讨厌，
从这儿到家需穿过另一条胡同。
就是那迷宫般的九道湾，
要是回头已跑了这么远。

好马不吃回头草，
上午老师刚给讲了这句民谚。
远离爸妈的女孩，
就得经常练练胆。

思忖间已进了迷宫，
她知道这胡同还有北巷东巷和南巷，
而且绝不像胡同的名字般，
只有区区九个拐点。

不是这儿的居民走进这，
迷路就是家常便饭。

她平时上下学几乎没走过这里，

不出新太仓坐公交，

也是出石雀西口，

走北新桥大街那边。

这会儿重要的是把握住东北的大方向，

不撞进死胡同就一定好办。

忽然感觉怎么像是后面有人跟着，

还不止一个！

现在最好别自己吓自己，

但屏住呼吸细听却不对。

这是出自女孩的那种直觉与敏感，

仔细观察周围环境不太好，

前方大槐树后面是否死胡同看不清，

那里的路灯坏掉了两盏。

她的感觉没有错，

后面跟着她的，

真的是三个不良少年。

深秋的初夜舒适凉爽，

正是各种昆虫的不夜天。

京城的孩子们懂得捉蟋蟀，

这类夜晚最是好玩。

三兄弟老大老二是中学生，

老大在这一带也算个小霸天。

今夜哥儿仨去东直门外碰运气，

指望抓个铁头将军啥的，

下礼拜和东四金二那帮去赌钱。

上星期他的三毛让人家的李逵咬折了腿，

输了那把心爱的塑料驳壳枪外加三块钱。

后来又赌了一局没扳回来，

这着实给北新桥丢了脸。

费劲巴拉真拿了俩棒家伙，

那叫声预示着潜力无限。

抓它时这东西都不带跑的，

不发愁打斗时的勇武凶悍。

出师顺利用纸筒封好装进铁盒，

好东西还得说是这老城墙边。

心中高兴一路连哼带唱招来了鬼，

不想撞上了东外魏虫儿那帮混蛋。

他们说什么来玩儿竟不打招呼，

回头让兄弟们伤着多没面。

哥哥我大度不与你计较，

但地界儿上的玩意儿得归还。

北
新
桥
的
传
说

这魏老大有名的手黑倒也不怕他，

反正兄弟俩也都有把刮刀别在腰间。

只是这三儿生性胆小，

爹妈又一向把他宠惯。

怂头日脑的不上道儿，

动手时一准露怯不找钱。

现在抓着俩哥的手就已筛了糠，

待会儿准成人质真难办。

还不如不带他来蹚浑水，

可他爱跟爹妈告状真讨厌。

想到此贴向腰间的胳膊松了手，

摇头晃脑地来搭讪：

"说哪儿的话兄弟们，

一时凉快走丢了板。

虫儿大哥别生气，

这小意思怕哥看不上眼。

哥不嫌弃拿去玩，

坏道上规矩兄弟不敢。"

"好兄弟你可真够爽快，

北新桥黑龙倒名不虚传。

要不到三轧钢外的十字坡，

那边儿有个夜宵儿店，
弄俩炸花生豆儿聊聊天。”

"改天吧哥，
这会儿天已太晚。"
转身时暗骂真倒霉，
这气到哪儿出去呢？
得弄个啥人啥事儿才算完！

吭哧憋肚紧走了一气，
把三儿累得呼哧带喘。
又咚咚几步就钻进了胡同，
好像是已过了南小街继续向前。

三转两转也不起眼，
竟撞进了这九道湾。
影影绰绰前方像有个人，
细看竟像个女孩匆忙其间。

黑暗里逮蛐蛐儿的一双怪眼，
没看错这女孩端庄的腰肩。
步态矫健却透着女娃的轻柔，
还仿佛感觉到了紧张的娇喘。
那好吧，
丢了蛐蛐儿抓个女生，

今天的账今天算。

交代老二：
"咱俩上，
你抱她腰我扣她手腕，
三儿你扯她腰带不许眨眼！"

说着他脱下上衣攥在手，
下手时她一定会喊，
好用袖子塞住她嘴。
要是仨人还搞不定这女生，
那北新桥黑龙从此别喊。

三儿这会儿抖得更紧了：
"哥，
咱还是回家别惹祸了吧，
回头给抓着那可咋办？"

"说你这东西扶不上墙，
这会儿哪有人来抓咱？
非跟着出来老是添乱，
要你这笨蛋有什么用？
扯开她扣子就不用你管！"

深秋的京城弥漫着微寒，

阿莲在凄迷陋巷里走单。

坏孩子看到的是个女生，

匀称的身腰楚楚可怜。

但还有他们不曾知道的——

莲儿是体育杜老师册封的健将，

区少年女子有几个项目，

她从来也没掉下过前三。

月黑风高树影幢幢下，

俩坏男生不思改邪归正，

定要非礼这运动员女孩。

阿莲的腰身被从后面突然箍紧时，

就已经急得出了冷汗。

待侧脸发现一个大个子又扣紧她双手，

已不用怀疑横祸就在眼前。

刚才有过几秒钟的迟疑，

也许错过了逃脱的时间。

但形势构成了老鹰扑雀，

除了三比一外加女对男。

忽然间心中就迸出惊慌，

难道真难逃今夜的凶险？

这时她本能地将肢体蜷缩伛偻，

腰腹却几乎被臂膀夹断。

接着被一件上衣蒙住了脸，

一只有力的手显然要塞住她的嘴，

情急中莲儿竟忘记了叫喊。

这有违一般女孩遇险时的惯例，

却源自从小爹妈不在身边。

外婆本是祖上徽商家的大小姐，

培养了长外孙女意志的强悍。

说时迟，

那时快，

当一双颤抖的手迟疑地抓向她胸前，

莲儿感到再不行动的话，

下面一定是横遭的灾难。

体育李老师曾教授过女子防身，

此刻一幕幕在脑际回闪。

这时那大个子用手指往她嘴里塞衣袖，

夹着尘土的汗味几令她晕眩。

流氓武装到了牙齿，

突然一则课文造句跃入思维，

鬼使神差地点醒了灵感。

想也没想莲儿狠命咬了下去，

一声怪厉的嗥叫刺破空间。

蒙住头脸的汗衫立刻被拉开，

猛见大个子痛苦扭曲的脸。

紧接着莲儿拼吃奶的力蹬出右腿，

小姑给买的新皮鞋威力用满。

这一脚踹在大个子脸上，

鼻骨碎裂声清晰可辨。

后面箍住腰身的手突然松了，

莲儿顺势左腿全力跺向他脚尖。

身后又是一闷声的苦哼，

借这力莲儿身子弹跳出很远。

老三的手还没松开莲儿的衣领，

没扯开胸扣大概是红领巾的贡献。

此刻的莲儿是离笼的鸟，

风驰电掣又像离弦的箭。

红领巾随之飘落地上，

挣脱时精致的衣扣四下崩散。

腾空时闪眼辨明了方向，

是向着来路狂奔向前。

前面万一是死胡同呢?

想一想后果都叫人心寒。

东城少年女子小学组上，

百米成绩是由她保持着，

这会儿当然如疾飞的羽燕。

来至大街刚好一辆无轨电车才停稳，

莲儿几乎没停住脚尖。

售票员看着像是飞上车来的女孩，

汗珠沁出在耳鬓额间。

稚气端秀的脸庞惊魂未定，

嫩色的苍白与秀发的零乱，

外衣上的扣子都没了，

显露出异常的慌乱不安。

猜多半是撞上了不法坏人，

刚挣脱了魔掌还来不及定见。

也不知家长和大人怎么搞的，

干吗让这女孩深夜走单？

于是温柔地问起需要什么帮助，

女孩微微摇头，

感激的神态回报阿姨的友善。

这阿姨盯着女孩左臂上的三道杠，

却纳闷红领巾知向谁边？

敲家里院门时阿莲脱掉外衣只穿汗衫①，

尽管冷也不想让外婆看见。

襟上的扣子都没了，

怕外婆回头问长问短。

知道了真相她定会彻夜奔忙，

不去到街道和派出所哪能算完？

最重要的是自己没让坏人毁，

就让大家睡个安稳觉吧。

事闹大了还会惊动学校，

那会让辅导员老师麻烦，

人家本想留我住学校一晚。

对了，

不知那仨歹徒现在怎样了？

今天经历了生活中一个重大事件。

外孙女紧蹙的双眉和忧郁的眼神，

外加这个钟点和苍白的脸，

就是让外婆不能心安。

但任是咋问都不说了，

只好来日再慢慢深谈。

---

① 注：那时中小学生都没有校服

半夜又披衣来到莲儿床边，

睡梦里孩子依然双眉紧锁并握着拳，

还蜷缩着身子歪着脸。

无意中抓起外衣摸了摸，

才发现扣子都已不见。

刚才孩子到底经历了什么？

该联系学校问问看。

黑暗中外婆呆坐了良久，

一声叹息在黎明之前。

派出所是从失落的红领巾名字和扣子展开调查，

北新桥黑龙是在医院就诊时归案。

居民反映从后窗似感觉有过打斗，

还听到过一声奇怪的叫喊。

那一地血迹更让民警不能怠慢，

搞定这原委也没太难。

这事惊动了东城教育局，

通报的措辞严厉简单。

重申了中小学师生各项条例，

督促各校检验行为规范。

辅导员李老师接受了处分，

但他依然是兴高采烈，

为麾下有这样的学生干部志得意满。

外婆和莲儿有些不忍，

瞄着他兴奋激动的脸。

"大妈，

您要懂同学的安危对我们何其重要！"

他含泪搀扶着外婆的臂肩。

第三章　老井

跟同学跑进5号大门时从遐思中被唤醒，
进院儿闯过垂花门又绕过木影壁，
抬头正对着的是北房三开间，
我一向喜欢来这座大四合院。

更爱看院里抄手游廊上的彩画斑斓，
那些画的颜色都已斑驳糟旧，
唯如此更显故事的神秘久远。
特别是画里面古装的男女老少，
就跟自己知道的古代故事对号强牵。

一股汤料的香味扑鼻而来，
不由得把口水往嗓子眼儿里咽。
进屋时外婆赶紧给大家盛绿豆汤，
喝到时感觉十分甘甜。
于是同学们一迭声地谢姥姥，
一向爱看这外婆的眉慈目善。

继而几大本邮集和数个书包都扔上了八仙桌和太师椅，
又得外婆给往大衣架上挂牵。
同学们不断往西耳房探头探脑，
惦记着厨房里好吃的菜饭。

我却到处趑摸是否阿莲姐的客人们已到，
怎么到处听不到笑语哗喧？
印象是连阿莲姐都不见踪影，
定是有什么事情还没搞掂。

结果外婆老人家款款地发了话，
莲儿与李老师和一众同学去了交道口儿电影院。
是辅导员什么电影厂的同学给搞的票，
去观赏还没公映的新片。

康儿和大家先去玩儿一会儿，
等莲儿她们回来就一齐开饭。
听到这我心上的石头才落了地，
原来媛媛得待会儿才能出现。

大家面面相觑一脸滑稽，
反正这会儿没心思讨论啥邮笺。
愣了片刻各自转身，
待到了院子里就一哄而散。

他们几个跑到西屋前的葡萄架下，

去和爱养鱼养鸟的杜爷爷搭讪。

架旁挂着一只镶白铜雕花镂空的大鸟笼子，

一只八哥冲着大家学舌个没完。

架下荷花缸里的紫墨龙睛，

优哉游哉地好不清闲。

杜爷爷见童男童女过来玩耍，

高兴得撂下那把紫砂壶盏。

这时杜奶奶又拿出来糖果，

眉开眼笑地拉呱招揽。

俩老人家一双儿女工作都在外地，

一个天津一个江南。

原说暑假来爷爷奶奶家住的孙子也因故没来，

所以见了孩子们格外喜欢。

我陪着兆康出门向东沿游廊走去，

拐过去站在东厢屋廊下的阴凉里边。

抬眼透过窗玻璃见一中年叔叔，

倒背着手在屋中踱步吟念。

身后手里攥着的是本线装古籍，

着一袭扣袢的短袖中式夹褂步履缓慢。

那架势像过去私塾的教书先生，

只见他神情专注姿势经典。

我知道他是兆康的老舅，
男五中的语文教员。
读文章喜欢摇头晃脑，
一说起啥诗词格律就没了没完。

"一定是菜都弄好并料理完了，
待会儿你就知道我舅舅厨艺不是一般。
一有空就爱扎在屋里苦思冥想，
这会儿定是又在研究他那本辞典。

你知道他是五中的语文老师，
一直都立志要填补文坛上一个缺憾。
他要做的是编纂一本关于汉语虚词的书，
还说人活一世总得有点儿啥贡献。

大暑假的让舅妈带着小表妹回了娘家，
外婆一直都对他不满。"
这时我看到的是屋里东北墙的一溜书橱，
一直都想借几本书一定好看。

却觉得袖子被兆康拽着，
跳下游廊的台阶时还拌了个蒜。
还没站稳就随着他趔趄前行，

几步就窜到了东耳房前那一大丛竹林边。

这丛竹林方圆一间大堂屋大小，
可给人的感觉像更大上两圈。
这院子在这里像是违背了规制，
仿佛特意做了些改变。

致使这丛秀竹横空里占住，
与西厢屋荫荫的大葡萄架对峙西南。
平添着院落的郁郁葱葱，
俯瞰着花池下的芍药牡丹。

仰头婀娜着房脊的和风，
时时与晴空比肩着碧蓝。
那份儿浓密和茁壮带着几许怪异的幽深，
这盛夏时节走近它都是阴凉和昏暗。

那竹子颜色也十分奇葩，
猛看是翠绿细看是幽蓝，
而且老是那么干净饱和，
就像是刚下雨洗过的一般。

若是好奇定睛不眨时，
枝干竹叶上还遍布着细碎的金点。
更诡异的是这竹子冬天竟不枯萎，

只是颜色稍稍变浅。

入冬前扫院子归置落地的竹叶，

要是扫就永远都扫不完。

有一回兆康姐弟从里面扫出十几大筐，

可里面还是那样不深不浅。

累得姐儿仨再也扫不动了，

外婆表情异样制止了他们的勤勉。

脚下从来也见不着腐败竹叶，

经年不打扫这竹丛里也从不脏乱。

兆康说严冬时里面老是暖融融的，

而这盛夏冰棍儿在里边半小时化不完。

好多同学都来此试过，

竟果真如此名不虚传。

可杜爷爷和姥姥都一再禁止大家来凑这热闹，

神情态度上都有些忌惮。

竹丛还对着耳房东边一条窄窄的夹道儿，

七八米深处一个小门洞儿破败森严。

铜叶上一把硕大的老式铁锁，

上面还缠绕着几圈铁链。

所有这些都已锈迹斑斑，

蛛网和塔灰周遭布满。

一看就知道这是通到北面后院，

但后院儿街坊都是走西耳房西边。

到底啥时侯这里被锁死的，

所有人都不知道有几许经年。

趴门缝儿看里面都是黑黢黢的，

影影绰绰的像有啥跳蹿挪闪。

大人们爱说那是黄鼠狼或野猫在作怪，

有一回蹿出个怪物把孩子们吓得不善。

当时杜爷爷看见了它的后影，

猜测说那是只陈年的貛。

说陈年是因为它个头儿太大，

从月亮门儿上的粉墙跑进了东院。

可那么大个儿是咋从门缝儿里钻出来的呢？

这个事儿就没人能解释圆满。

不过这个地儿和那个院儿让人越想越怕，

然后就都溜走没人提这段。

这旮旯里显得狭小又荒僻，

说不出的那么点儿恐怖神秘感。

这阵儿就到了竹林掩映下的东侧粉墙下，

同样斑驳并被苔藓浸润的月亮门前。

"哎，

那回差点儿就能进去玩儿了，

因下雨让外婆给挡在外边。

今天正好各有各的忙，

我也早就偷偷踅摸了那大铜钥匙的地点。

兆明去了石家庄我爸妈那，

他要跟着捣乱我就难办。"

说着他从口袋里掏出那黄铜钥匙，

已经被擦得金光闪闪。

"不过要是锁头也锈住了呢？"

我说。

"哼，

我早就灌了煤油，

这回没人能把咱俩拦。"

是啊，

我们不少同学一直都在惦记，

兆康家这处神秘的东院。

说是里面有一口恐怖的老井，

夜深人静时能听见那边厢水声潺潺。

关于这口井有过许多传说，

好像跟北新桥这地名一样久远。

什么明朝宰相在这锁住了一条巨龙，

还说那里是啥大海的海眼。

这些故事来自东直门大街上一座曾经的道观，

据说曾有位须眉垂肩的道长侃侃而谈。

好像他老人家是什么师傅的师傅的师傅的师傅，

就是那位前朝宰相，

这些典故信不信的都无法校验。

左邻右舍胡同里的大人们偶尔谈及，

七老八十的长辈们爱说长道短。

久而久之不由得让人害怕，

但那井淹死过人应不是误传。

什么哪年发大水时这井里也波涛汹涌，

喷出若干的尸骸都栩栩如生。

那身上装束哪个朝代的都有，

后来让这观里的道长给画了个符便劫去回归平安。

又说这大宅子祖辈上都是前朝贵族，

什么不满婚配的千金以死相拒，

还有被老爷少爷始乱终弃的丫头在此寻了短见。

听过这些故事夜里就爱捕风捉影，

疑心生暗鬼听得见女子的哭喊。

同学们都爱听西屋杜爷爷讲这些故事，

但我早就从兆康处知道了这些桥段。

且平时确感这兆康兄弟天生胆儿大，

处险境时既不怕黑又不怕远。

我一直在想那兆莲姐自这厢长大，

难怪是女中豪杰侠肝义胆。

饶是上了油这老锁也不好鼓捣，

吭哧瘪肚累得兆康满头是汗。

这个活儿两人四手使不上劲儿，

忽然"咔嗒"一声锁杠跳出了锁眼。

我俩四目相对莞尔一笑，

拽下锁头就去揪门环。

"吱呀"一声剥了漆的半扇圆门被向里推开，

一股阴凉气息扑了我俩一身一脸。

我下意识地抓起墙角处一根锈蚀的火筷子。

兆康一愣，

也顺手抄起墙根儿下一把蜂窝煤火钳。

带着恐惧的心情和强烈的好奇，

进得园门时全身都落了汗。

但见这里杂草过膝，

院门后有几张破败的隔扇，

看上去曾雕琢精美却遍布蛛网，

早已开裂塌陷衰朽不堪。

忽见一枚血红色的大个儿蜘蛛，

顺着丝网慢慢爬了过来。

这家伙个头儿竟像个垒球一般，

两只红豆大小的眼睛闪着绿光，

腿上的绒毛都纤毫毕现。

这会儿它看上去十分恐怖，

吓得我赶紧跳到一边。

这样又吓了兆康一跳，

他一转身又蹦出了几只大螳螂和呱嗒扁（蚂蚱）。

弄得我俩惊魂未定，

一个个足有半尺长短，

两米开外用翠绿的小眼睛瞪着我们，

螳螂的刀臂还在那忽扇。

一时弄得我俩愣在那里，

向前迈步都有些不敢。

别回头再窜出条什么毒蛇，

想到这我不由得打了个寒战。

停了一会没见什么动静，

才抬头打量这所大庭院。
从没来过想不到这里如此宽大，
灌木葱郁树木森然。

靠北面那厢像一座曾经的殿宇遗迹，
汉白玉的柱础和高台基座隐约呈现。
右侧也有一丛不小的葱茏翠竹，
比外面院里那丛更浓密轩然。

近前右侧明显是一处亭阁废址，
碎砖乱瓦依傍着断壁残垣。
但上面一概是黝黑阴绿，
攀附着厚厚的陈年苔藓。

阁畔被陈年败叶掩埋的似是一条甬路，
碧藓下镶嵌的卵石竟然像玛瑙般好看。
稍远处还矗立着几尊巨石，
突兀的样子十分怪诞。

我们是站在一株大银杏的树冠下，
另有三棵古槐环绕周边。
想起在石雀胡同那边就能看见这几棵大树，
却不会想到树下是如此这般。

远处东面一丛不知名的怪草灌木，

这盛夏有奇花斑驳灿烂。

那颜色和气氛颇不寻常，

还仿佛有股子异香向周遭扩散。

这一带人久不至寂寥荒芜，

葱茏苍翠并有些幽暗。

唯独那里显得鲜亮不少，

却不是阳光照耀使然。

因为北面有两棵绞靠在一起的歪脖老榆树，

巨大的树冠罩住井沿。

这伏天正午的酷烈骄阳，

强光也筛不下来多少斑点。

越走近那里越感觉有股冷气逼来，

这一切簇拥着那几方歪斜的汉白玉石栏。

但见石栏北侧还有一巨大石龟，

它头颅稍抬引颈苍天。

我正猜想它应该是什么石碑的基座，

这东西在皇城北京毫不罕见。

猛然间，

我像是开启了某个梦魇，

这地方的格局怎么这样熟悉？

一定是我经历过的一处故园。

几百年前几百年后我说不清，

应该是见到过那方宫殿。

有古代高官来这里祭拜过，

好像还有位皇帝主持那祭典。

立一块缺失的巨碑时天有异象，

似曾那些君臣还向我唱念。

这光景一瞬间是栩栩如生，

惊得我瞪着眼看活灵活现。

这院子可真的是诡异异常，

让人摸不着头脑十分忌惮。

忽然，

我俩差点被一方石碑绊倒，

低头发现这碑就躺在脚前。

碑都倒了还有半截已埋入地下，

碑上还爬满了抓绕的藤蔓。

我俯身扒拉开盘枝翠叶，

许多不认识的文字镌刻上边。

我知道北京好些古迹的碑文都是满蒙汉藏，

但这碑就一种文字显然不是汉语。

"回头让老舅来看看吧。"

兆康挠着头发瞪着眼。

又直起身走近这些叫不上名字的奇花异草，

看清了高出地面一膝的井台石盘。

"这是不是就是那口古井？"

我碰了下兆康的手腕。

他没言声儿，

我俩都听到了空灵的水声潺潺。

"不知道，

没准是，

过去看看。"

"你咋会不知道呢，

难道这不是你家的院？"

"我怎么就会知道呢？

上次进来时才刚记事，

少说也在八九年前。

里面是咋样早忘得一干二净，

有时说起这，

外婆爸妈他们都噤若寒蝉。

这地方大人们平时不提也不让来，

但越是这样就越是好奇惦念。

后来知道这门锁有把钥匙，

在一个小铜盒子里由外婆看管，

趁她不注意我得了手，

回头还得照样复原。"

我俩深一脚浅一脚向这里走来，

踏上井沿时好像牙齿都在打战。

我知道这不是冷的反应，

而是那井中发出的声音让人不安。

原本空灵的潺潺声忽然变得澎湃雄浑，

真像是有什么怪物要向上窥探。

我和兆康惊愕地对视了一眼，

男孩的本能又不愿显得怂肝怯胆。

心怀恐惧几乎同时伸头看向井底，

但见巨大的黑洞无疑就是一深渊。

随爸爸回农村老家时见过水井，

从井口向下能见一闪光水面。

那圆形反光会大小有别，

预示这井壁的或深或浅。

但这井针孔大的亮光都没有，

只有巨大的声响激荡回旋。

忽然明白井口上有浓密树冠遮盖，

看不到反光也理所当然。

环顾歪斜的汉白玉护栏，

但井沿高出数寸的环槛却齐整光鲜。

仿佛有人来此经常打扫擦拭，

想到此不由得又打了个冷战。

端详那边缘打磨得溜光水滑，

细看甚至有晶亮的反射光线。

不愿信真有啥古怪精灵，

杜爷爷说我们男孩都元阳饱满。

能逼退什么魍魉和阴魂，

鬼故事里那些个妖怪邪魔。

从这里向外就逐渐铺满青苔，

那颜色竟然是翡翠般碧绿湛蓝。

我俩缩回脑袋对视了片刻，

又抬眼左右巡视周边。

"进来时园门关了吗？

怎么觉得像有人进来了就在不远。"

兆康一边眨眼一边口中喃喃。

"不会吧？

不会是孟宪成和梁笑楠，

他俩进来了哪会消停？

还不得连蹦带跳嗞儿哇乱喊。

你可别吓我，

这阵儿我承认没你有胆。

噢，
园门被竹林挡着呢，
我真不记得那门关没关。
哎，
快看，
锁链！"

我忽然看见井沿一边有个铁墩，
一串粗重的铁链顺着垂进井沿。

"噢，
真的嘿，
刚才咱俩咋没发现？"

"刚才也许太紧张了。"
我说。
好奇让我俩又踏向这锁链。

不约而同探身哈腰攥住它，
想晃一晃它发现很难。
由于劲大指腕关节弄到疼痛，
一阵彻骨的冰凉直透心肝。

北新桥的传说

这盛夏的炎热没当一回事，
然后就是我俩的呼哧带喘，
吃奶的力量都使出来了，
那链子简直就稳如泰山。

接着我俩用手中火筷火钳插入链孔，
绞紧后站在铁链的一边，
然后小声同喊"预备，齐！"
把力量集中于瞬间的一点。

发力后觉得那链子像是微微动了一下，
忽然感觉后背像被谁捶了一拳。
侧脸看兆康时心中惊悚，
只见他也一边伸手抓后背，
一边回头皱眉瞪眼。

奇怪的是那发自地心的神秘涛声这会儿停了，
万籁俱寂里是阳光灿烂。
抬头时我发现火筷子正从环眼慢慢滑脱，
等我想抓住它为时已晚。

"叮"的一声它抖了一下斜着飘进了井口，
我俩屏住呼吸竖起耳扇。
很久后仿佛传来几缕轻微的磕碰声，
那音韵缥缈而又遥远。

再等了一会儿也毫无动静，

想听到它掉进水里的愿望没能实现。

"这井太深了，

深得让人害怕。"

兆康说。

"是呀，

要是跳下去即使知道了也没法打捞上岸。

哎，

我怎么觉得刚才这链子动了一下？"

我问兆康。

"是，

我也觉得是，

这里的事儿真有点儿古怪虚玄。

另外，

另外就是……"

他指了指后背，

我俩看到了对方的惊恐和不安。

忽然井里又有了动静，

深沉而悠远，

但有逐渐放大的趋势，

一波一波地向上漫延。

几分钟后听上去已经像是打雷了，

我俩吓得同时跳下井沿。

一口气跑到十米开外的太阳地里，

紧拉着手注视着那边。

一时间有点弄不清那声响是来自天空还是井下，

头脑耳鼓和方向都已错乱。

恍恍惚惚中似乎也不明白此时是白昼还是午夜，

只有无名的害怕和彻骨的阴寒。

真正恐怖的事发生了，

那铁链开始搏动，

继而又在那翻转跳跃一番。

铁环摔打在汉白玉上发出清脆响声，

像是啥被它束缚的可怕力量在挣扎呐喊。

我和兆康被钉在那里，

木头人一样无法动弹。

傻呆呆地不知所措，

也不知过了多长时间。

这期间曾经昼夜不分，

又好像空中有乌云在翻卷。

云间似隐似现着许多怪物，

狰狞的面目夹带着雷电。

我俩互相扯拽着不敢松手，

脚下是一叶飘摇的小船。

船舷左右都是奇寒墨黑的波涛，

惊得我俩一边跪下一边攥紧拳。

只见这船底有个圆形的东西，

细看原来是道观中的阴阳鱼图案。

清醒后我俩是并肩坐在躺倒的石碑上，

湿透的汗衫背心上全是冰凉的汗。

周围仍旧是齐膝的荒草，

空气澄明环境寂然。

不约而同起身后低头，

发现那镌刻的碑文原来排列成阴阳鱼的图案。

再望向那口井时还是老样子，

忽然从井口里飞出两只蝴蝶飘飘欲仙。

忽忽悠悠飘向北边那处殿宇遗迹，

体态轻盈五彩斑斓。

我俩不由得迈步追随它们，

见它俩慢悠悠降落在一尊怪兽上边。

待靠近后它们不见了，

就好像从来都没出现过一般。

近看这怪兽也是汉白玉雕成，

突兀地横陈于这高台基座前。

我想起故宫大殿外基座处也有这种怪物石雕，

讲解员阿姨说是疏流雨水的物件。

抬眼望向浓密的草丛，

还有几尊就在不远。

它们均匀地排列蛰伏，

谁知道已经有几百年？

"这有一个还流水呢。"

兆康说。

我也走过去把那个看，

停住时踩到了什么差点儿崴了脚，

低头看是个大梳妆盒大小的青瓷罐。

于是拾起来到怪兽下冲洗，

水从兽头的嘴里向外流溅。

我把这罐子里外冲了个够，

浮泥散去后这蓝白花瓷挺好看。

上面的纹样有山水茅亭，

还有闺阁轩窗里古代小姐梳洗打扮。

"没想到这里还有自来水，

啥时把水接来的这边？

这不会是啥雨水吧？"

这才想起嗓子眼儿都快冒烟。
说着仰头歪脖就去喝那细细的涓流，
只觉得这水是那么好喝，
玉液琼浆般的清冽甘甜。

看我喝美了兆康也凑过来。
"我尝尝，
啥好喝的东西让你乐颠颠？"
然后他就仰了半天脖子。

"行啦，
老这么栽歪着脖子你酸不酸？"

"这不是自来水，
上次喝这种水是爸爸带我们去的玉泉山那边。
知道吗？
有一回自然老师说京西的甜水是通到城里的，
古代皇帝们早已开渠疏干。
那些水通往皇宫大内王府啥的，
也有些个离王府道近的豪宅大户跟着沾边。"

兆康直起身一边抹着嘴，
一边嘟囔着他的识见。
于是我就想这北新桥地界上有什么古迹王府，
半天也没琢磨出个所以然。

倒是三班朱团团家住张自忠路，

他家在和敬公主府院里离这算不算远？

他的太姥姥听说就是个清朝贵族，

不知道他家有没有这样的甘泉。

喝舒服了我俩就东张西望，

觉得这里还有好多神秘和好玩。

我不由得向草丛灌木深处走，

某种好奇驱使我向前。

想到最后一尊怪兽那看个究竟，

那后边会不会还窝藏着什么怪诞。

浓郁的灌木和藤蔓包裹着那石兽，

感觉像有啥灵异向周边发散。

轻轻拉开繁茂的翠叶枝条，

吓得我不由得又把心脏提到嗓子眼。

一只硕大的黑猫从石兽上站起，

那皮毛亚赛墨色的锦缎。

两只怪眼像一双恐怖的金珠，

向我喷射出愠怒的火焰。

这绝对是我平生见过最大的猫，

竟比一只大狗壮上两圈。

它耸起腰身时后面的兆康显然也见到了，

本能地把我拽向后边。

我们三个就这样互相对峙着，
我和兆康都不自觉地浑身抖颤。
忽然盯视着我俩的猫眼睛像是笑了，
它嘴角的模样也是这容颜。

感觉它露出的白齿更像是人牙，
这漆黑的面目竟有种女性般的好看。
加上这巨猫的腰身柔软得千娇百媚，
转身时那黑亮的猫尾慢慢盘旋。

在那废墟拐角处它再次回了下头，
刹那间我看到的是一双人眼。
那眼神惊现着一抹凄楚，
饱含着哀伤的一缕幽怨。

半天我和兆康才缓过神儿来，
那猫消失得沉默悄然，
些微的声响都踪影皆无，
悉索的动静也全然不见。
顿时我感到我的手比瓷罐子还凉，
而兆康的手并不比我温暖。

"你见过这么大的猫吗？"

兆康战战兢兢地问。

"没有。
从来没有，
会不会是啥黑豹来你家玩？
就算是豹也一定是只雌的，
瞧她的样子有多好看。"

"你就会胡说，
作文好就练着把女生骗。
花言巧语地没个正经，
奇思怪想地一双坏眼。

这城里哪来的什么豹，
你可劲儿乱想还带瞎编！
瞧你那德行又神魂颠倒了吧，
谁知它是不是猫妖或狐仙？

对了，
这么大个儿一定是个成了精的。
快走吧，
这会儿应该回去吃饭。"

这阵儿我俩是真有点儿害怕了，
不由自主地转身把脚步返。

没走两步兆康突然又停了脚，

眼神专注地看着前方兽头上面。

一只硕大的昆虫正蠢蠢欲动，

这家伙的模样显然我俩都不曾见。

它全身的颜色也是青翠欲滴，

中间贯穿着一根紫黑色细线。

头顶上生着两只螃蟹样的刀钳，

那身子足有一尺长短。

最奇葩的是一支向上撅起的长尾，

凶恶地向前蓄势待发一般。

我俩离它不到两米的距离，

真切地清清楚楚纤毫毕现。

细观那翘尾顶端略显弯曲的钩状针尖，

正微微抖动着向前方窥探。

这东西让我无端地紧张到了发梢，

那感觉是一条毒蛇就在眼前。

这奇怪的生物透着冷酷的邪恶，

比刚才的巨猫更让人胆寒。

那灵猫遁身时闪过一缕人魂，

真的假的带点美的依恋。

看上去绝不是那么凶恶，

表露出这世上善的意念。

兆康慢慢抬起手臂，

刚看清他一直都没撒手那把火钳。

"快把那坛子端过来，

码在这兽头下边。"

兆康不无紧张地小声说，

其时那打开的钳头已接近了兽头一边。

我赶忙把瓷坛弯腰摆好，

还用脚挪了挪让它与兽头一侧垂直成线。

我瞪着罐口端详着它的大小，

揣摩着那怪物掉下时能否落进里边。

兆康歪了下头示意我闪开，

片刻后就用钳口撞了它侧面。

这虫子原本是斜对着我俩，

那翘尾的利钩正冲我们转弯。

此刻它一翻身掉了下来，

不偏不倚撞进了瓷坛。

还听到极轻微"叮"的一声，

那钳口上多了滴露珠样的东西在闪。

097

我俩托起罐子急匆匆向园门走去，
那怪物在里面牵急地辗转。
好几次它要将那钩子伸出，
好几次它差一点就能实现。

到跟前看园门就是关着的，
斑驳的污漆草苔周遭弥漫。
惊慌失措般握住锈铜门环，
连揪带拽拉开了半圆门扇。

一阵暑热扑面而来，
我俩跌跌撞撞又闯进了伏日的庭院。
一瞬间就喘气儿都声大了，
立马就跟冬眠还阳了一般。

堂屋那里传过来银铃般嬉闹喧笑，
不用说是一众调皮鬼和婵娟。
兆康麻利地把铜锁挂稳插牢，
我则将青瓷坛码在了墙角边。

用两块砖头稳稳地压住坛口，
兆康又从耳房扯出一块油毡。
弄停当就剩冲进大屋里去了，
另一桩渴望早拉紧了我心弦。

第四章　家宴

进屋时见兆莲姐正在指挥，

大家正在拼桌子架一席餐案。

外婆让笑楠孟宪成到后院去叫俩小孩儿，

一对童男童女得来陪外院奶奶吃饭，

并嘱咐杜爷爷姑母俩不可缺席，

少了二位寿星还叫啥子聚餐。

辅导员李老师和老舅在厨房忙碌，

浓烈的菜香忍住口水都难。

忽然宋婧姐妹搬着俩凳子从东偏屋走出，

紧跟在后面也搬个凳子的是媛媛。

仨女生仪态妩媚面若桃花，

正与我迎头打了个照面。

那宋琳调皮中带几分诡谲，

我急忙转身假装找活干。

"姐，

怎么又有他？"
那妹妹小声说。

"有他怎么了，
我们一个班的有啥新鲜？"
宋婧的口气对妹妹不满，
这时见着了媛媛惊讶的杏眼。

我连忙开口急不择言，
"我，我……
我们和兆康是来对邮票的，
何况今天还有聚餐。"

"没有聚餐难道就不来啦？
那就得承认是你嘴馋。"
这是兆莲姐的声音来自脑后。
转身时看见兆康幸灾乐祸的脸。

落座后李老师开始上菜，
每上一道还把菜名报上一遍。
宋婧姐妹和媛媛给大家发汤勺碗筷，
正好轮到我时是媛媛来到身前。

她娇艳地微笑还飞红了脸，
这模样引起对面兆莲的好奇，

上下打量了我有半天。

我赶紧转头看向别处，

正看见笑楠在翻白眼。

兆莲假装嗔怒地埋怨兆康，

"还不快去帮舅和老师端菜端饭。"

"外婆还没说话呢。"

这会儿兆康坐在那稳如泰山，

满脸一副解放了的模样，

我明白从现在开始他要造反。

兆莲虽说不认真还是有些诧异，

从桌对面抬头并睁大了眼。

"我去，

我去，

来做客怎好意思吃现成饭。"

站起身说话的是大队主席，

他姿势老是那么潇洒舒展。

接着一众女生都想要随他样，

结果姥姥发话都不许动弹。

说话时那主席已出去了，

兆莲最后把大家又左顾右盼了一遍。

“刚才你俩到底去了哪儿？
同学大家都找你们不见，
然后地下钻出来的一样，
一下子就出现在我们眼前。”

兆莲盯着兆康发问，
然后目光落在我身前。
我正不知怎样回这问话，
桌下兆康轻轻踩了下我的脚尖。

“我们觉着热得难受，
就去胡同里转了转。”
从兆莲姐的眼神我看出她根本就不信，
但也没说啥忙着去招呼左边右边。

笑楠他们领来的那俩小孩，
分别坐在姥姥两边。
男的大点女的小点，
两张可爱憨敦的小脸。

年龄在四到六岁，
四只乖巧清澈的大个明眸，
让人看了很难不去喜欢。
但看穿戴透着家境并不殷实，
小衣鞋裤都很寒酸。

兆康跟我也说起过他俩，

爸爸蹬平板妈妈在街道干些洗洗涮涮，

有个奶奶卧病在床，

街坊们都帮衬着已有几年。

有啥好吃的外婆从不忘了他俩，

还常让他们给爹妈奶奶捎上点。

兆莲姐弟小时的衣裳也常周济他们，

他们把外婆看成菩萨来自上天。

这时一个叫六子的后院淘气鬼跑进街门，

也被姥姥截住一起进餐。

这孩子弄得像个脏猴儿，

兆莲起身带他去洗手洗脸。

此刻大家搬弄碗筷就已经开吃，

姥姥和莲姐一迭声儿不许大家腼腆。

我们男生先假装客气斯文了一会儿，

紧接着就败在了美味佳肴面前。

唯女孩们那教养倒不像假的，

大家闺秀般不紧不慢。

劳动委员也是个六年级女生，

她的当选是班主任和兆莲的力荐。

今年毕业听说她考得不好，

没能上了名校的榜单。

这工人的女儿十分要强，

家里学校都不耽误照看。

多病的双亲需要照料，

大队的工作又不厌其烦。

一个人当三人使，

弟弟妹妹还要照管。

上个一般的中学没见她有丝毫沮丧，

那颗平常心叫人钦羡。

这个姐姐出名的不计名利，

老师和同学都夸她模范。

大队旗手也是工人的儿子，

同时兼着体育委员。

他也同样没考好，

体育课上因救助同学而摔伤住了半个月医院。

是重读一年还是接着上一般学校，

他说年华宝贵不能无谓拖延。

三年后不是还有个中考吗，

到时再决一死战并不算晚。

家庭生活不算富裕，

男儿不给爹妈添乱。

他们的决定老师们非常赞赏，

不愧是同学们的榜样和垂范。

大队主席那个男生颇是实力不弱。

他品学兼优自不在话下，

有趣的是还是个出色的乐队跟合唱指挥，

这方面造诣不太一般。

乐池前的举止从容潇洒，

往那一站让演奏者信心满满。

比赛中我校表演最是齐整，

因为这指挥的手势有学问，

挥洒之中奥妙其间。

他自编了一套哑语模式，

独创了一堆肢体语言。

歌唱者只需留意他的动作，

铁定不会搞错节拍和间断。

组织十分方便，

排练耗时最短。

这回他老先生考上了西城男四中，

是辅导员老师的另一桩心烦。

席间这老师说起这事，
情绪上透出几分伤感。
大队委员会亟待补充，
优秀的干部费劲挑选。

姥姥讲船到桥头自然直，
兆莲说我校人才济济休犯难。
老师说宋氏姐妹俩要出个新主席，
妹妹睿智姐姐稳健。

这姐妹正坐在我左手隔着一个人，
一同抬头睁大了眼。
忽然才注意到媛媛就在左边挨着我，
胡思乱想竟没注意到这一点。

顿时感觉心跳都加快了，
有点怕紧张和欣喜爬上脸。
却听宋婧请老师别净培养都快毕了业的，
"我建议您选徐小媛。"

兆莲笑道：
"我看还是你最妥帖，
你能把握良莠和长短。
主席需要兼顾各方，
不能光是乖巧和好看。"

我注意到那位原主席静静地看着大家，

偶尔歪下头眨下眼吃一口饭。

瞧那样没人问他绝不说话，

听说平时他也惜字如金不紧不慢。

"主席同志，

你说呢？"

兆莲突然冲他开了炮。

"副主席同志，

还是应该征询更广泛的意见。

例如，先了解一下全体少先队员怎么说，

然后再听听中队委们都怎么看。

但是这饭桌上你问到了我，

我和你的意见相去不远。

宋婧同学一向有大局眼光，

但也带有女生的优柔寡断。

我的作风有此不足，

但有你补了缺叱咤方圆。

师生们的反映还不错，

头脑够用有盘算。

宋婧工作中要培养果断的作风，

加上你妹妹的泼辣勇敢。
不用老是四平八稳去办事，
敢不敢甩掉闺秀范？
但我校大队别成了娘子军，
辅导员同志还得考量一番。"

大家听他们"同志""同志"的十分有趣，
一个个忍俊不禁捂嘴眨眼。
有一种小大人儿的滑稽感觉，
就跟都成了大干部一般。

老师一边嚼着块鸡肉一边点头，
"还得赶紧找个大个子扛咱们的旗杆。"
旗手突然蹦出这么一句，
惹得大家笑成一片。

"今儿个你们来给孩儿们欢送饯行，
工作的事儿赶明儿再谈。"
姥姥边说边往小童男童女碗里夹肉，
并张罗着给六子盛饭。

女生们抬头看着姥姥，
才觉着气氛有点不欢。
于是这些三道杠说起了刚才的电影，
说那个阿诗玛长得超好看，

又说宋氏姐妹就有点像那女主，
宋婧说徐小媛比我好看。

这时那老舅料理完厨房来落了座，
捡起了筷子把话谈。

"几位同学都挺美，
美丽不是光看脸蛋，
得体的行为举止是教养，
优雅和气质是内在表现。

这俩姐妹莲儿带着来过，
浑身带着闺秀范。
这小妹妹头一回见，
倒透着一丝儿异国景观。"

他这一句不要紧，
大伙儿看得媛媛低头红了脸。
她歪头向我一副求助的表情，
低头才发现我正紧攥着她手腕。
兆康笑着用臂肘撞了我一下，
我赶紧撒手红了脸。

那舅舅往杯里倒着葡萄酒，
"那一双儿女更爽健。"

他端起杯看向旗手和不爱名利的姐姐，

"刚才非要帮我把活儿干，

一看就是爹妈的拐棍儿和小棉袄儿，

勤快的手脚质朴的脸。

劳动人民最是可靠，

是国家事业的力量和中坚。

我和你们辅导员都是老师，

我建议你不考啥名校就一般的念，

然后去上个军校是正事儿，

现成儿的一个好军官。"

听到这儿旗手撂下筷子抢了话，

"我和兆莲区里市里都有成绩保持，

我的目标是运动员。"

"运动员不是终身职业，

军官多威武又光鲜。"

这时杜爷爷插了嘴，

"今儿我给这帮孩儿们相相面。

你看这边儿一溜儿眉眼儿端正精气神儿，

那边儿金枝玉叶儿忒好看。

个顶个儿精明有教挂着透亮劲儿，

110

玉人儿都攀着好姣颜。

自古说个郎才女貌，

孩儿们的前途都不一般。"

大家听着哈哈笑，

我偷偷夹了个小蒸饺儿放进了媛媛的碗。

因为那小饺子儿特精致，

觉得就像媛媛一样好看。

这动作又被兆莲姐看见了，

诡异地瞄了我好几眼。

说着杜爷爷又用大手抚摸着孟宪成脑瓜儿，

"这孩子的算术可是不找钱。

有两回兆康带他们来写作业，

正赶上我把全院儿水电费摊。

我算盘珠子还没扒拉匀乎儿呢，

他眉头一皱都来了答案。

这孩儿的心算本事确乎了得，

将来当个大银行会计是前途无限。"

"爷爷我不当什么会计，

爸妈让我一准儿把清华北大的数学念。

爸爸说有一门儿学问叫啥计算机，

我想不出那是个什么东西但很馋。"

孟宪成嘟嘟嘟地嚷出这几句，

大家又齐头儿把他看。

"计算机那玩意儿可不得了，

同学们也该知道它是个啥物件。"

辅导员呷了口啤酒张了嘴，

"从头儿说大家也没个概念。

这么说吧，

那东西一秒钟干的算术活儿，

就得一屋子专家干几年。

当然一般的算账哪用它忙？

它算的都是人造卫星和原子弹。"

他这几句把大家说愣了，

敢情真的有神话在人间。

"对了，

我在《十万个为什么》里看过的，

它能算出宇宙活了多少年。"

笑楠忽然就叫了起来，

结果没咽对付酸辣汤呛得咳嗽喷了饭。

他鬼瘦精怪的样子超逗人，

我想起动画片里孙悟空在八卦炉里炼。

杜大妈赶紧给他胡噜后背，

又倒了碗儿凉开水让他把嘴涮。

"同学和大家快吃别客气呀，
这些好吃的凉了味道就不鲜。
这鲤鱼和鲫鱼是后院儿吴叔儿昨天钓的，
大山子那边儿有好水面。
六儿你爸不是也去了吗？
所以你要多吃嘴要馋。"

"我爸说他和吴叔去和人约了棋，
我知道他就是不想带我去玩。"

"那是你爸怕淹着你，
钓鱼忌讳闹小孩儿在旁边。
这红焖鲤鱼刺儿都软了，
鲫鱼做汤最新鲜。

不怕热酸辣汤合口，
咕咾肉米粉肉凉了会腥膻。
还准备了葱爆羊肉和尖椒墨斗儿鱼，
酱牛肉昨夜弄到一点半。

羊蹄筋儿你们尝尝好不好，
我怕今儿来的同学里还有挑食。
妈您招呼着那边儿同学，

别剩下浪费可不好看。"

姥姥这会儿收了笑容正色道：
"你不接琴儿娘儿俩为哪般？
你怎么就是不听话，
今儿晚上你必须去她娘家探看。
菜都留好了没有？
捡她们爱吃的多带点。"

"妈瞧您说的不用啦，
我都有安排走不了板。
后儿个是琴儿姥爷六十大寿，
明儿个我那边儿就不拾闲。"

姥姥愣了个神儿用手抚脑门儿，
"你瞧倒忘了买糕点。"
"得了妈我都买好啦，
您老就别操这份儿心肝。"

姥姥这会儿歪头看向桌角处，
"你俩小闺女咋不见发言？
老实规矩又不作声儿，
让大伙儿忘了你俩小乖甜。"

这是从班上跟来对邮票的那俩女生，

114

一声儿不吭作壁上观。

这会儿一个用手背捂了嘴，

一个两眼笑成了月牙圆。

她俩在班上就形影不离，

有一回外班坏孩子说她们是同性恋。

于是大家打听同性恋是咋回事，

好几个同学都挨了爹妈扇。

结果班主任孙老师禁止讨论这个事，

同学们心里的疙瘩却没有完。

我觉得不就是两人同性别又特别好吗？

这也值得大惊小怪地瞎胡传。

可那天卢刚说要是好得长大了想结婚呢？

问得我们都蒙圈。

"舅舅这厨艺可是了得，

回头我一定要跟您学上几般。

等回头有了窝儿再成了亲，

用得着这居家过日子的好手段。"

辅导员一边啃羊蹄儿一边说。

"噢，

要是喜欢就不难。

唉，

常听莲儿念叨你，

说你的学问像深渊。

没跟你好好探讨过，

又听说名牌儿高校毕业却来了幼儿园。"

"您别听兆莲谬夸奖，

怎么就成了幼儿园？

这可是一所重点小学，

干好了大学也不算白念。"

"听着倒也是在理儿，

可工资收入上就差了一段。

噢，

要是你将来能当上校长，

重点小学的校长吗，

比我这一级中教还多二十来块钱。"

老舅掐指算着得失，

李老师看着外面院子里的一盆米兰。

关于这老师的故事不止一个版本，

我最爱相信的是下面这段。

据说他和未婚妻王老师是小学校友，

他比王老师大两年。

他考上了师范大学，

而王老师后来念的是师专。

结果为了王老师他没去中学报到，
而是到我们学校来上了班。
许多老师教学有困难都爱请教他，
学校的什么事他都会干。

任何一位老师有个啥事儿，
不管什么课他都能代班。
另外就是在所有青年女老师中，
就数王老师最好看。

吃着说着大家就酒足饭饱了，
收拾碗筷杯盘又一阵乱。
男生随舅舅擦桌子又扫地，
女生被兆莲吱唤着去厨房洗碗。

姥姥装了一小盆儿肉和丸子啥的，
嘱咐童男童女小心端去后院。
然后又端了两条鱼，
叫六子去拿给爹妈尝鲜。

杜爷爷去家屋抱来一罐儿上等茉莉花茶，
姥姥早就备好了青瓷儿盖碗。
正说着李老师提过来大开壶，

在屋角小心地把仨暖壶灌满。
有文化教养的人儿更看好这会儿，
茶话里马上要地方天圆。

我还想跑去厨房跟媛媛凑热闹，
假模假事攥一把筷子往厨房里钻。
可这儿出来进去全是那几个女生，
转眼宋英她们进来就娇喘带喊。

吓得我差点儿来不及转身，
狼狈张皇地蹿出了门边。
葡萄架下瞥见东配廊里站着兆康，
一脸的沮丧垂头耷眼。

兆莲一脸严厉还带点儿惊悚，
看这样儿我猜出了点儿端倪。
大概我俩东窗事发啦，
我要是装聋作哑可不好看。
壮着胆子跑过去跟兆康陪绑，
从兆莲斜视里瞅见了埋怨。

"外婆要知道了怕得急坏身子，
那里边你知道真不是好玩。
玩儿啥不行去捅这个娄子，
回头掉进去你让外婆咋办？

这事到此为止永不再提了，

听着，

以后断不许再惹这事端！"

我俩赶紧使劲点头，

我却琢磨这兆康是咋露的馅。

一抬眼见那把大钥匙在姐手里，

不说也明白了，

准是回填它让姐给发现。

姐转身又回堂屋去料理了，

我跟兆康有些灰头土脸。

愣了一会子面面相觑，

兆康嘟囔：

"我放钥匙让姐撞见。

她进来时就像后院儿张婶儿的波斯猫，

脚步一点儿都没听见。"

然后我俩就都没话了，

一块儿迈进堂屋门槛。

大家旋又重新一一落座，

茉莉花茶幽香绕梁弥漫。

这气息叫人平添着宁静，

仿佛脱俗地把梵天体验。

兆莲和李老师手提暖壶，

依次给各位把盖杯斟满。

到了外婆面前发现杯儿不正，

莲儿遂俯身弯腰去挪向里边。

忽然她衣兜儿里一个东西滑了出来，

不偏不倚落进外婆掌心上面。

那姥姥不经意低头一瞥，

骤然就神色凝重变了脸。

猛抬头是一副狐疑质问的样儿，

嘴角儿眉梢儿竟有些发颤。

兆莲低头看见时知道不妙，

后悔刚才没收妥趁乱。

不用说是大铜钥匙的事败露了，

隔着桌子兆康和我的心也提到了嗓子眼。

姥姥声虽不大却听得真着，

"莲儿，

这是怎么回事儿让外婆不满，

这劳什子你搞出来干吗？

今天不说清楚可不能算完。"

外婆口气听上去颇为严厉，

可大家没明白兆莲惹了啥祸端。

那事情定是非同小可，

闹得外婆外人前竟不给爱孙留面。

此刻大家见识了副主席少有的窘迫，

呆怔了片刻继而低头红了脸。

眼看外婆的表情从不解变成恼怒，

兆康和我赶忙起身把罪责担。

"外婆是我偷的钥匙去了东院，

出来后不留神让姐发现。

现在我知道不经您答应是错了，

可您要是知道了哪能让我们去玩？"

"对了，

姥姥还有我呢，

我不该跟兆康一块儿把错儿犯。"

我急赤白脸赶紧陪绑，

不能让哥们儿一人儿难堪，

要不是兆康今天拽着我，

哪还能来把媛媛见？

大家用各种眼光瞪着我俩，

可这会儿的气氛让我有自豪感。

我明白大家都想知道我俩碰见啥了，

在媛媛和宋英面前我刚刚光荣冒险。

我还知道下面该轮到我的长项了，
那就是兆康一定会让我给大家侃。
好奇让人们无心跟长辈一个立场，
而我也正跃跃欲试想来表现。

于是我就谈兆康开那锁怎么费劲儿，
后来又让躺着的石碑拌了蒜。
特别是那老井处最惊心动魄，
没法想象那情况有多么骇然。

那么多凶神恶煞要从天而降，
乌云翻滚大风呼啸雷鸣闪电。
后悔来到了这里不听大人话，
天也黑了船要沉了那可咋办？

要不是真经历了有谁能信呢，
我和兆康的后背还挨了一拳。
回头看时是什么东西都没有，
我们还以为是孟宪成和笑楠。

我瞥见笑楠这时打了个激灵，
孟宪成则像做算术题时的脸。
女生们惊恐地托着腮拉着手，

媛媛的脸庞满是焦虑和不安。

就连姥姥和杜爷爷都聚精会神了，

真就没见过他俩老人家这副嘴脸。

更恐怖的是我俩遇见的虫子和大黑猫，

我更说那猫长着一双人眼。

这些个活物都又凶又大，

吓人的个头儿从来未见。

还有就是兆康和我抓了只怪物，

圈在一个大瓷坛子在东耳房边。

任啥虫子一大了少年都害怕，

讲到此女孩儿们直打冷战。

此刻媛媛的素手拽住了我衣角儿，

我能感到她的紧张和震颤。

此刻兆康大声插了嘴，

"那怪物头上有一双大夹钳，

尾巴是倒着向前翘起的，

顶尖处一个大钩子晃晃颠颠。"

"我的宝贝儿，

那是只蝎子耶！"

姥姥几乎是一声喊。

123

"康儿，

爷爷只问你它什么颜色多大的个儿？"

杜爷爷突然就插了言。

听到这儿我俩同时伸出胳膊，

郑重其事地比画它的长短。

同时描述那家伙翠绿色的，

正中有根紫黑的线。

这下杜爷爷的表情惊恐了，

抿起了嘴唇瞪大了眼。

姥姥这会儿自言自语嘟囔着：

"我的妈呀，

你们俩可知道有多危险。

这简直就差点儿出人命，

回头咋个向你们爹妈交代才算完！"

"都有谁还不知道蝎子长啥样儿？"

李老师也几乎是小声喊。

呼啦一下同学们一致举了手，

只剩旗手没动弹。

"我小时在农村老家跟爷爷过，

挖野菜被这东西蛰过手腕。

当时把我疼得昏了过去，

后来是爷爷给我治周全。

他用的是老家的土办法，
从那时我知道被它蛰了不好玩。
蛰我的蝎子才三寸多，
你们捉这么大个儿的可真危险。"

"要是惹不起就放了它吧。"
笑楠说话的声音都有点儿颤。
"不行，
已经惹了它就惹了，
放了它也会报复不找钱。

这么大个儿是个成了精的，
待会儿把它弄来大家看看。
难得今天都凑了一块堆儿，
就上一堂生物课更加圆满。

然后我们不把它咋着，
把它送去同仁堂中药店。
另外杜大爷给讲讲吧，
这院里因蝎子死人有过前缘。"

老舅一番话算是个小结，
给这事就算做了个了断。

然后他就灌了几大口热茶，
松开了刚才紧握的双拳。
这时李老师深呼吸了一口，
直了直腰背也端起了茶碗。

"那什么，
回头你捧过来咱那玻璃鱼缸，
大家伙儿要见识见识这凶恶虫。"
杜爷爷跟杜奶奶这样说着，
咳了两声准备给大家叙述陈年。
兆莲和劳动委员又依次来给续茶，
人们想知道大蝎子怎样人命关天。

第五章　茶话

"都看见刚才来吃饭的那个六儿了。
那是闹日本鬼子的前一年，
也是这么个夏天的晌午，
正碰上还是个礼拜天。

六儿他爸是排行老二，
四岁的他跟着哥哥弟弟窜去了东院。
都是背着大人不听话偷偷去的，
要逮蛐蛐儿和胡同里小孩儿赌铜板。

该吃晌饭时他们妈不见了仨儿子，
院儿里院儿外的满世界喊。
我是刚才还见他们仨跑来跑去，
于是满院子踅摸别再跟妈淘气玩。

忽然就瞄见东院月亮门的大锁耷拉着了，
心头一紧就跑去了跟前。
还没到那就听到了院子里有动静儿，

127

并瞅见了那园门这阵儿是虚掩。

接着听见了孩子的哭声儿，
没多想我踹开园门撞进了里边。
隔老远见老大黑子躺草丛里像睡着了，
老二正拽着他的胳膊鼻涕眼泪一脸。

冲过去才瞧真了眼前的情景，
黑子一只手掌是紫黑色都肿成了滚圆，
显然已中毒昏了过去，
老二和小三儿还都傻小蒙圈。

最小的栓儿才三岁，
见到我笑嘻嘻地轻凑过来脸。
一只小手儿冲我打了个抓挠儿，
回头儿另一只手就抓向了个虫子。

这孩子太小啥都不懂，
是福是祸当然也不管。
我这才仔细看清了那是个啥活物儿，
竟是一只巨蝎半尺多长短。

通体上下都是紫黑色，
亮晶晶的脊背泛着阴蓝。
倒悬着瘆人的恐怖长尾，

毒钩已瞄准了拴儿这肉蛋蛋。

它正趴在那倒掉的石碑阴影里，
太阳地儿里一时就看不起眼。
情急之下我抬腿把栓儿踢到了一边儿，
'哇'一声这孩子就连哭带喊。

一弯身儿我拦腰抄起了黑子，
才看见还一只更大的黑蝎在他身后面。
当时惊得我凉气从后背爬升，
那么大个儿的蝎子我也是平生未见。

'还不快跑，
扯上你弟弟！'
我冲着老二就嚷。
又一想这孩子也不大呀，
见哥哥死过去了方寸已乱。

见他已死死把弟弟拽住，
我便腾一只手扯住他俩往外蹿。
叽里咕噜撞到月亮门口，
风驰电掣地冲出了东院。

闯上游廊我就大叫，
前后院儿街坊都聚拢来跟前。

129

哥儿仨的妈刚回院儿里见状呆了，
跟着就又哭又嚎发疯了一般。

你们外婆赶忙叫康儿妈跑去九号，
请黄包车夫赵老四带车来这边。
这四爷是给东兴楼掌柜拉包月的，
刚刚到家来吃晌饭。

还记得你外婆回屋拿两块银圆掖给那嫂子，
她感动得哈腰合什被搀上了厢垫。
没敢耽误这黑子给妈搂着奔了东直门脸儿，
羊管儿胡同里的七珍丹老药店。

那儿坐堂的吕先生远近闻名，
这会儿孩子胳膊已肿过了臂弯。
那黑色逐渐地往肩膀上爬，
任谁看着也是恁般凶险。

看样子刚才给膀子下勒的毛巾没多大用，
毒性依然在往身心上窜。
东屋李先生刚才给挤了挤伤口，
可腕筋儿上的伤口肿得没法儿使劲攥。

李师母给捣了姜蒜汁儿涂了一气，
孩子那腕皮儿都快烧烂。

上策还是赶紧看郎中吧，

我推出那辆凤头儿自行车尾随四爷后面。

吕先生见着孩子时先施以药汁儿，

又用啥灸草拔了几罐。

渗出些黑红色脓血带着怪味儿，

又在那只好胳膊腕儿上号脉了半天。

待知道蛰孩子的蝎子有多大的个儿，

忽然就双眉紧皱蹙起了鼻扇。

遂伸出一张开方纸笺抓起了狼毫，

奋笔疾书修了一封书简。

然后郑重其事交至我手，

嘱咐赶紧去前门外珠市口儿西边。

找骡马市大街的马路靠北，

斜对着果子巷就到了地点。

那西鹤年堂铺面很齐整，

牌匾也着实非常的显眼。

若还不熟悉就张嘴盘问，

四邻八舍的都会给指点。

我斗胆问了声同仁堂咋，

他说还是他师兄更妥然。

他那坐堂多年的师兄焦老先生，

独门方剂治蛇蝎虫毒有好手段。

其祖上是岭南的百越人氏，

上等的膏贴曾供奉太医监。

我这里原备有几副他的汁药膏贴，

卖给了几个燕京大学的师生去探险。

我这七珍丹主治跌打损伤，

活血化瘀有特效于虫毒却不大灵验。

我见您有辆好自行车，

这事儿快办刻不容缓。

孩子去那儿怕来不及，

先讨几剂汁贴救命当前。

然后再说接师兄来还是上门求医，

苦主就看情形斟酌着办。

另外那蝎虫哪方见着，

老夫亦未见过只听江湖中流传。

似这等样尺寸怕不是成了精的，

江湖上称这类毒虫叫'紫磨盘'。

跟黑子妈又抓了几副药和涂汁，

打点好我揣了信就飞身上车奔了西南。

那时我年轻才三十来岁，

132

来回才用了一个半钟点。

后来差一点就蹬虚脱了，
回程时才想起来没吃晌午饭。
再看黑子似缓过点儿来，
嫂子说醒了还吃了几片馒头干。

赶紧拿西鹤年堂的膏剂换药贴敷，
好像肿胳膊的紫黑也见了点儿浅，
煞白的小脸儿添了点儿安详。
大伙儿商量说先过了今晚，
明天视情况再做决定，
不行再往宣武区赶。

谁知当夜那孩子就烧得滚烫，
上吐下泻地折腾起没完，
及至后半夜又抽起了疯，
几位年高的长辈都来帮闲。

李先生建议去道济医院，
近在咫尺就在咱北新桥北边。
要不放心去协和就跑东单，
西医救急还是可以考虑，
问题是宣武区骡马市太远。

133

可一众老者都摇头，

说西医未准有啥好道盘，

除了啥红药水儿紫药水儿，

像这路剧毒没准儿就是截肢锯手腕。

一席话听得嫂子直哆嗦，

另外洋人大医院也让没钱人费盘算。

七嘴八舌地不知所措，

最后大哥一咬牙拍了板，

'不嘀咕咱这就去宣武了！'

张罗决定连夜往鹤年堂赶。

依旧是叫醒了九号的赵老四，

那爷们儿人命关天没怠慢。

大哥还是托我骑自行车跟着跑，

过宣武门时瞅着黑子模样不妙情形突变。

小脸儿铁青呼吸急促，

渐渐地身子不抽了胳膊腿儿垂下了两边。

嫂子一声凄厉地哭嚎划过街巷，

大半夜的我头皮发炸一身冷汗。

四爷停住脚抬头瞪着我，

我催他接着去西鹤年堂药店。

顺手拽了拽小夹被，

134

连胸脖盖住悲昏了的嫂眷。

现去那药房救不救孩子先不说，
先得让大人从阎王那折返。
到了那坐堂先生住哪尚不知晓，
只怕还得仰仗四爷的辛苦劳烦。

结果焦先生那夜就在店里，
因是与掌柜有事儿恋了晚。
他二话没说起身忙活，
赶紧让伙计帮忙将二人抬至堂间。

推出两张竹藤躺椅将病人撂下，
麻利地捋袖开箱施手段。
细看二人状况顿时眉头一凛，
先一帖膏药裹住黑子手。

又拔银针插入母子数般穴位，
屈指间嫂子呻吟醒转。
只是孩子仍不见有啥动静儿，
却见沿膏贴缝隙又溢出黑血若干。

这先生眉头紧锁蹭了些儿至鼻前嗅着，
但见这郎中额头脖颈也都是汗。
而后又辗转推捏了好一会儿，

135

最后颓然坐在了柜台前。

言说孩子来迟了，

毒气攻心已无力回天。

昨晌贵先生来时师弟只言是蝎毒很重，

敞柜的膏贴应能力挽。

刚才见述竟是遭了"紫磨盘"毒手，

进而忽略了应及时来店。

为医者倏忽间事关生死，

真个是医者心有愧人前。

只是这类毒虫确乎是稀少，

能见着也算是世所罕见。

还有一类青翠欲滴的巨蝎更是生猛，

那叫作'青格楞'的比五步蛇还危险。"

此时堂屋所有人都打了个激灵，

大伏天儿的我竟打起了冷战。

不用说我与兆康是抓了只青格楞，

妈呀！

我俩竟然差一点儿命赴黄泉。

此刻我在女生面前的虚荣早没了影儿，

上下又沁出了一身冷汗。

136

兆康也是呆呆地瞪着杜爷爷，
头发竖起紧握双拳。

"后来就是悲悲切切地料理了黑子，
大家伙儿都希望能请高僧大德给道盘。
为拿一拿这院子里弥漫的戾气，
煞一煞这前后左右笼罩的凶险。

后来请的是雍和宫的住持大喇嘛，
那高僧是西藏大昭寺来京的公干。
历来都是逢大日子方请得动贵驾，
他闻听是那老井院的事立马动弹。

来的一众喇嘛一水儿都是尊者高徒，
还在那庙里大兴法事忙了三五天。
都是拜听东屋李先生满腹的学问，
言那青藏高原的法师镇邪更灵验。

然后黑子爸带一众工友来这里夹锹带镐，
得进东院和凶手毒虫清算。
那些好汉都是东直门外货站扛大个儿的，
最不缺的全是力气和蛮干。

但那院子里动风水的事街坊四邻都忌讳，
没有人来帮衬着出力出汗。

137

嫂子是又备茶水又蒸馒头还买了油饼儿，
大家沿那卧碑旁挖了一天。

结果是什么物事都没见着，
邪门儿的是任怎么用力那碑都纹丝儿不动弹。
待听了黑儿他爹念叨了那凶物的个头儿，
继续卖力的心气儿又少了一半。

最后反正是什么都没找着。
有人就说架木柴烧试试看，
又有人说成了精的毒虫须谨慎，
怕惹上啥横生的不祥祸端。

一时哥嫂两口儿也缺了主意。
嫂子长叹一声说都是孩子命里的坎，
怎么鬼使神差地那院门锁就开了呢？
三四周儿的俩弟弟也说不周全。"

"这么荒僻的地方有见过蛇类吗？
那动物按说最爱盘踞这等样的宅院。"
辅导员突然冒出来一声询问，
挠着头皮端起茶碗。

"说得是呢。"
杜爷爷应了一句也呷了口茶，

"这儿离老城根儿不远又不乏老宅，

逢惊蛰端午的虫族们颇不稀罕，

但就是这边厢五毒中未见过长虫（蛇）。

这没准儿跟神话儿里那条龙有关，

一方地界儿上只能容一尊霸主。

神龙在此，

蟒蛇终须避之不嫌远。"

"再有那俩孩子刚才去井口淘气，

说啥有人在背后给捶了两拳。

先甭管那迷信不迷信的，

是否地界儿上有看龙的小神官。

警告尔等别惹那怪物，

惊动了它老都不好办。"

这会儿这爷爷态度凝重，

竟由不得大伙儿不信传言。

不管是科学也好迷信也罢，

当时一个个都噤若寒蝉。

爷爷顿了下继而又开了口，

"不过这事儿也不尽然，

说起蟒蛇又得说抗战那年月，

蹊跷事儿闹得这院里小鬼子不安。"

139

这会儿杜奶奶打断了爷爷话头儿，
她老人家捧着尊大玻璃鱼缸来至堂前。
见状老舅辅导员忙不迭起身，
兆康和我也赶紧向前。

这缸直径一尺多有余，
是爷爷过滤鱼虫儿的物件。
今儿个大家要用它上生物课，
被奶奶给擦得纤尘不染。
然后自然是我和兆康带路，
老舅和李老师一块儿去到东耳房边。

这会儿我忽然觉得这坛子咋这么重，
竟纳闷儿我刚才怎么抱它出的东院。
李老师没容分说拉开了我，
同时老舅也将兆康挤到一边。

俩人四手搬着坛子进了堂屋，
我进屋时他们正小心地掀开灰砖。
顿时传出"嘎吱嘎吱"声，
那毒物显然在跟这罐子没完。

老舅李老师搬着青瓷坛慢慢倾斜，
一只湛绿的大毒虫跳进了玻璃罐。
青翠欲滴几乎通体透明，

140

简直就是尊工艺的琉璃盏。

若非有瘆人故事简直算得上可爱，
那恐怖毒钩冲着玻璃"叮叮"地弹，
这每一下要是给了个孩子，
无疑呜呼一命魂归西天。

这可是一尊毒虫之王，
兴许来自那被锁狂龙怒气的余烟。
一会儿工夫它静了下来，
光亮使它变成了雕塑一般。

"这一类昆虫是昼伏夜出的习性，
它们通常来自比人类更久远的祖先。
蝎子这东西诞生于远古，
研究证明它们已存在了四亿四千年。"

这句话让大家全都惊讶了，
鱼缸里那凶物竟也抬起了夹钳。
李老师挥手比画着，
那架势就像是在教室黑板前。

"自那时至今幸存下来的物种，
都失去了个头儿庞大的躯干，
但对天敌和对手的致命威胁，

又保留了凶恶和狠绝的遗传。

书写着漫长跌宕的惊险遗迹，
由地质年代形成的生命迁延。
这些东西通常是恐怖又狰狞，
在人类审美文明中冷酷凶险。

它们的存在见证了生物进化，
让智慧生命看宇宙沧桑变迁。
蝎毒中含有许多种生物活性，
祖国医学用它治病的历史有上千年。

生活中最要防备儿童少年被它伤害，
不必要的痛苦应当小心避免。
今天见识了这罕有毒虫，
也就不虚此行平生无憾。
最后请它去到同仁堂老药铺，
做标本还是入药由宗师裁断。"

然后又是杜爷爷来拾遗补阙，
讲这院子李老师资历还浅。
"不过要说起蟒蛇竟不是没有过，
事情就发生在抗战那年。

黑子没了院儿里消沉了一载，

转过年来就是卢沟桥事变。

一个鬼子宪兵队长相中了这里，

是宪兵来登记良民证时看上这宅院。

那队长来院儿里瞄了几眼，

我们前后院儿这几户就都得搬迁。

给我们弄到了大菊儿胡同七号那里，

房子简陋狭窄了不是一星半点。

这是占领军给咱们百姓的头一张嘴脸，

你们姥爷姥姥的家具都不许搬。

那队长对中国古董木器爱不释手，

摩挲着这堆花梨紫檀他格外喜欢。

跟着就来了十多个鬼子折腾，

连家具带房子一起霸占。

给你们往大菊儿胡同拉去了些东洋家什，

当然原来家具拉去大菊儿也摆不舒展。

据说大菊儿那院儿原住户廖家是抗日分子，

结果连房东带租户不知都带去了哪边。

又在咱们这儿二进院向北的大夹道砌了堵墙，

后进院儿的街坊进出就犯了难。

只好填了茅房又推了隔断，

打通了北边儿的大杂院。

143

跟那院儿的住户成了街坊，

一出门儿就是北新桥大街前。

事情是出在半年多以后，

一个驻屯军中将遇刺死在鼓楼南。

这个队长后来把案破了，

几名抗日志士在东单牌楼遇难。

然后宪兵队在他家搞的庆祝，

几个喝醉的宪兵闯去了东院。

一鬼子往井里撒尿引起轰鸣，

另一个就向那井里开了一枪。

结果井沿上仨人都栽了下去，

惊动了军官们都跑过来察看。

队长说忘了嘱咐勿来此造次，

刚来时有位同僚给占卜一番，

卦象显示最好不要踏足这院；

还曾去雍和宫请教过啥高僧，

喇嘛的回答说这厢不要沾边。

要捞那仨鬼的尸首费了心思，

这队长要求别碰旁边的铁链。

用挎斗摩托拉来了大粗绳子，

绑个胆大的军曹下井去探看。

往下续半天都快有几百米了，
不管咋喊下面回音也听不见。
那粗绳分量足足有好几百斤，
地面上拿几尊大石锁当锚石坠垫。

这么重底下是否还拴着人已拿不准，
甭管啥还是快拉上来先看看。
慌乱中赶紧拼命地扯拽绳索，
拽上来早不见了那个倒霉蛋。

瘆人的是那空绳头都没见湿，
所有人都面面相觑噤若寒蝉。
一个个心存忌惮溜出了院子，
有个鬼子扔井里一颗手榴弹。

那队长没能来得及过去拦阻，
气得扇耳光把那兵打得直喊。
结果那手雷没听到任何动静，
一众鬼子又狐疑地东看西看。

说话间忽然天上就乌云密布，
一应宪兵赶紧驾摩托车折返。
踩着了车没等开到胡同口儿，
一道霹雳击中了鬼子手榴弹。

爆炸把几辆摩托掀出了胡同，
七八个鬼子横尸北新桥街边。
院里的事是帮厨的师傅目睹，
后来就绘声绘色地到处宣传。

还有那队长弄来个年轻女子，
半夜里变成了大蟒床上翻卷。
这鬼子光身跳下床抄枪就打，
那条巨蟒淌着血爬进了东院。

几天后一东洋厨师厨房暴毙，
军医确诊是蝮蛇的剧毒使然。
大家猜定是抗日英烈阴魂前来报复，
也有说那条龙不能容鬼子肆无忌惮。
这些故事当年大街小巷传说，
那队长一天到晚的惊悚心寒。

终于有一天他恭恭敬敬来找你姥爷，
还拿着一盒子桂香村糕点。
请我们全都搬回去过日子，
之前多有打扰给造成不便。

还来了几个鬼子帮着搬家，
叽里咕噜地忙活了大半天。
回来后没发现少太多东西，

146

只有两件明代茶几儿不见。

听说了闹毒蛇就有点紧张，
可后来再没见有长虫出现。
过去这院里也不曾见蟒蛇，
猜当年没准儿是受那龙王差遣。"

这院子的故事让大家无语，
沉思民族过往的苦难和烽烟。
感慨和平生活的难能可贵，
在一个夏日暑期的古代大院，
缭绕的茶香里重温那些时日，
一个瑰丽毒虫环顾下的一众少年。

"这些故事穿过了许多年月，
至今这一带老人儿还都爱念叨。
这地界儿上那些个说来话长的事儿，
大家伙儿都当是茶余饭后的闲谈。"
杜爷爷这阵儿撂下了手中那把蒲扇，
然后又端起了盖杯凑到嘴边。

"这回你们对这东院儿明白点儿了吧，
别怪老人对孩儿们的要求太严。
实是害怕回头出点儿啥事儿，
伤着宝贝儿们那可怎生是好？"

147

姥姥说这话看似还有几分悲切，
弄得大家心里的滋味儿都苦辣酸甜。
故事讲到这份儿上刹不住了，
兆莲眼泪汪汪地又接上了桥段。

"外婆，
我知道那院子年深日久有诸多不妥，
什么稀奇古怪的也不新鲜。
那年大雪纷飞我跑去那墙犄角儿，
记得有把竹苗儿扫帚在东房山。

想等雪停了好去扫院子，
却发现那园门里奇光闪闪。
天都快黑了哪儿来的亮儿，
何况这边厢久无人烟。

扒门看时吓了我一跳，
这大雪天儿园子里却鲜花烂漫。
接着扑鼻异香迎面而来，
顷刻我就像腾云驾雾了一般。

有浓雾样东西随着雪花从竹林那边卷来，
我在猜那雾霭别是从井里往上翻。
忽然我就心中难过悲痛欲绝，
从那回我再不敢往这里贴边。

148

好些回想跟妈和外婆念叨这事，
话一到嘴边心里又局促不安。
说不上是怕吓着娘和外婆还是咋地，
就觉着更像是自己个儿有啥因缘。

后来还做过关于那井的梦，
梦里的事情可怕又新鲜。
梦里人说我会有好前途，
还说会保佑我逢凶化险。

那些传说让我越想越怕，
鬼使神差地就到了今天。"
这会儿我见这姐姐双颊现出红晕，
同时睫毛下闪烁着泪光点点。

"别说了，
宝贝儿。"
这会儿那姥姥也发了伤感。
一把拽过兆莲搂进怀里。

"外婆知道孙女儿疼外婆，
外婆还知道你命里定有艰难。
你妈跟了你爸就调去外地，
你爸那人心高志远。

你妈听了我的没迁户口，

你们姐弟就在外婆这儿把书念。

莲儿争气任啥都棒，

算是没白在这京师历练。"

一席话让周围全都静悄悄的，

空气就跟凝结了一般。

一个个直勾勾地盯着她俩，

几个女生眼泪眼圈儿里转。

那俩女生互相搂在了一起，

孟宪成和笑楠肩并着肩，

那宋氏姐妹也紧紧依偎着，

其他人都呆若木鸡直瞪着眼。

忽然觉得我的手被抓住了，

本能也让我翻手抓住了对方的手腕，

跟着把这整只手攥在了掌中，

这手是这样细腻滑软。

啊！

抓我的当然是媛媛。

一时间我情绪激动得不得了，

可又不敢有丝毫表现。

我知道她一定是由于害怕导致的下意识，

但一定是把我当成危难中能信赖的靠山。

我享受这种神魂颠倒的美好，

为了掩饰惊喜不住地眨眼。

媛媛任由我揉搓她的手，

这小手儿在我的掌心里发颤。

堂屋里只剩杜大爷倒开水的沏茶声，

一根针掉地下都能听见。

"瞧你们闹得就跟生离死别似的，

别弄得那么悲悲惨惨。"

老舅在一旁发了话。

"噢，

我也偶尔听同学们念叨过兆莲家这东院。"

辅导员这会儿也开了口，

呷了口酽茶侃侃而谈。

"却原来这儿有这么多蹊跷，

这地界儿倒像是有古怪渊源。

瞧这屋宇都像是曾经的大户，

梁栋上也隐约见彩画描斑。

砖雕壁瓦都透着曾经的主人，

绝非市井平民走卒小贩。

大凡这等样人家少不了故事，
再加上迷信传说就非常好看。
猜那晚兆莲可能由于害怕，
疑心生暗鬼就产生了迷幻。"

"说得是啊！"
老舅清了清喉咙接了话茬儿，
"刚才康儿和这同学也把大家吓得不轻，
关于那院子里的故事历来蹊跷，
但多半是荒诞传说加古怪悬念。

这久无人至的犄角旯旮，
繁华都市里的深宅僻院。
这里看上去古旧却堂皇，
疑窦丛生的就在所难免。

人这动物爱自己吓自己，
古往今来编的故事也都好看。
由于那里没啥像样的房子，
因此也就没安排住户往迁。

房管局原本也打算规划一二，
但又有专家认为算文物景点。
作为景点它太小没啥价值，
作为文物倒有几分特别的表现。

北
新
桥
的
传
说

似乎这里落成大概是金元或更早，
那两方石碑许能印证历史时间。
那文字满汉藏都不是，
来了一帮学者说是金元。

到底是金是元还有争议，
最后决定搁置这些先封园。
然后就开来了一辆大卡车，
费劲把那块大碑拉去了博物馆。"
正说着兆莲又给大伙儿斟茶，
老舅喝了一口继续叙述盘点。

"这园林建制上十分奇葩，
精致的暖阁斜对着个宫殿。
当然殿宇都已荡然无存了，
暖阁也破败得塌掉了大半。

丈把外竖起了这一道粉墙，
而西侧挨着的就是这庭院。
这粉墙分明高出来了不少，
有悖于传统四合院的规范。

那宫殿俨然是皇家的气派，
却孤零零地再也没有搭伴。
近旁一尊巨碑守着口深井，

153

规制蛮高环境却窄得可怜。

若那井真像似传说的光景，
倒像是有几分对得上传言。
为了要镇住啥乖僻的巨兽，
就是得要有高规格的道盘。

可碑文是金元时代的记载，
那传说是明朝的一个桥段。
诸如此类让专家莫衷一是，
最终并没研究出个所以然。"

"还有个惊险是你俩同学刚才的经历，"
辅导员专注地开口发言，
　"巨大声响撞击了心灵的恐惧，
疑惑是什么怪物要蹿腾上岸。

我猜是物理上说的共振现象，
你俩的动静被放大了无数圈。
该听说过齐步走能摧垮大桥吧？
井中的场就翻转摔打了铁链。

你们也由于惊吓出现了幻听幻视，
电影和书里的故事就活灵活现。
少年的精神情志还不是太稳定，

北
新
桥
的
传
说

因联想和刺激就非常容易迷幻。

你们要知道科学讲究真实存在，
将来到了中学就会更明白了然。
物理课程中蕴含了巨大的乐趣，
好奇会驱使你们向未知索取无限。"

"粉墙下向北的那个门洞，
缘何不打开往来方便？"
我冒昧地提出这个问题，
好奇那神秘门缝儿的妖怪邪魔。

"噢，
这个你们就有所不知，
那扇门并不通着后院。
门后是一狭长的过道，
一直通向北面一家客栈。

那客栈的来历也很久远，
应该也是发端自金元时期。
现在大都是内蒙古来的干部旅客，
押送来军马并运回物资这里打尖。

那的伙食招待都是地道草原风味儿，
黄铜紫铜的盆钵都金光闪闪。

白银的水旱烟具精致秀丽，

琳琅满目的檀香和牛角杯盏。

酥油奶茶无疑全是真货，

最喷香可口的烤肉抓饭。

再旱旁边还有一座酒楼，

专营内蒙古西藏那边的饭食酒烟。

儿时记忆中这一带热闹，

孩提时跟长辈去吃过饭。

里面的吃喝均是大漠正宗，

灿烂的唐卡和绚丽的地毯。

自打明清时红火到鼎盛，

常客不乏雍和宫师尊和蒙藏高官。

那边厢同这院子有这过道连着，

证明这院子主人与那边的瓜连。

是否曾是那掌柜不是太清楚，

论院子的规格也不算新鲜。

我娘祖上一脉是明清时的徽商，

殷实富足后子侄们都把文章念。

外公的爷爷赴京赶考中了进士，

在直隶总督衙门为官。

官身往来于天津保定，

于京师置办下这方宅院。

原是一贵族贝勒小妾的别宅，

我娘那祖上花了一大笔钱。

那妾生的格格跳了东院的井，

爵爷嫌不祥便将这宅子卖转。

我家住这里是有年头儿了，

屈指算来已经超过一百年。"

于是才想起那后院确实没见有门道，

东屋旁的院墙直接连着前院后房山。

进而又想起放学回家坐公交车时，

无轨电车老是经过一家大旅馆。

当然也老是遇见穿蒙古袍的叔叔阿姨，

临大街雪白的墙上写着金家客店。

六路七路公交车穿行北新桥东大街，

那旅店坐落于东直门内大街南面。

原来它竟有几百年历史了，

目睹了好几个朝代的变迁。

"咱们这气氛是不是太严肃了？"

老舅忽然就笑着发言。

"是啊，

连吃带喝工夫儿也不小了，

孩儿们也该挪动挪动消化一番。"

姥姥一句话跟着就是桌椅板凳声儿，

老舅李老师将大毒虫小心挪到西南屋角儿，

放稳在条案上还盖了块老铜镜子给压严。

然后大家就去厨房勤快地扫地又洗手，

拆完了餐案大家伙儿就奔了庭院。

两个女孩子又跑去观鱼逗鸟，

孟宪明和笑楠跑去了西厢南墙根儿那边。

俩人儿去欣赏研究杜爷爷那辆老自行车，

那车杜爷爷年轻时骑着抢救孩子十分惊险。

我挨着媛媛等女生又返身进了西偏屋，

大家去看兆康家一樽家传之宝。

那是一座金碧辉煌的大座钟，

上面宝石翡翠并金银丝镶嵌。

那钟俨然一座西洋古典建筑，

缩微廊柱的一尊精致小宫殿。

时有嘉宾同仁来至家中作客，

主人就常常弄一回稀罕表演。

这阵就见老舅攥把小铜钥匙，

小心翼翼把小铜锁锁芯拧转，
然后拉开大钟罩前侧玻璃门，
那尊计时的仪器更加金光闪闪。

亮瓷奶白的钟盘镜面溜光水滑，
镂空精巧云头纹雕针一长一短。
凹凸镌刻的花体外文精美标致，
骨楞坚实的罗马大钟字漆黑墨蓝。

然后周遭就都是金银浮雕花鸟，
千姿百态的姿势数不清的图案。
花瓣鸟羽上宝石翡翠五光十色，
一只怪鸟在中央位置俯视周边。

它两只眼睛是两颗祖母绿宝石，
有点深邃恐怖地在斜视着媛媛。
下方钟摆沉稳凝重地摇来晃去，
恁般就给人以一种神秘厚重感。

"表盘的箍圈和那摆是真金铸就。"
说着老舅伸手扳了下侧面的机关。
片刻后这里和堂屋挂钟都响了三声，
一声声沉稳古朴的声音余韵绵绵。

突然一下这钟上下四扇碧玉门跳开，

上面见有个装置像转椅样开始旋转。
同时这钟里发出打击乐般悦耳音律，
奇妙的曲调像鸟叫又像敲铜管。

然后有好几组小人儿轮番展开表演，
惊奇让周围师生屏住呼吸忍住询问。
那人雕不知烧瓷还是金属镀了珐琅，
全都是西洋人的金发褐发灰睛蓝眼。

下面小门儿里又出现了两组人物：
一身着燕尾服的绅士坐于钢琴前，
一位端庄艳丽的女士站在他身侧。

啊！
我像被什么东西击中了一样，
那女士咋那么像媛媛妈的头脸。
顿时我偷偷瞟了媛媛一瞥，
看到的也是她惊讶圆睁的杏眼。

随着乐声又转出来一个小姑娘，
坐在金框木椅上头戴一只皇冠。
这小姑娘模样俊俏又眉目端正，
那乖巧娇柔的样子真叫人喜欢。

最有趣是随着位置的漂移变化，

她眼睛颜色光线变幻紫绿黑蓝。
大家惊奇地瞪着这些人偶，
这西洋景儿的确十分好玩。

她那裙裾脚边还趴着一只黑虎，
威风凛凛地雄踞一方凶猛剽悍。
"这就是东院刚才那只大黑猫吧，
原来它一直就藏在你家里边。"
我不知怎么就嘟囔出这么一句，
兆康甥舅俩一抬头对看了一眼。

"哎！
你们瞧，
徐小媛眼睛咋成绿的啦！"
宋琳突然就一声喊。
"不是，
是紫的！"
宋晴说，
"怎么我瞧是天蓝？"
劳动委员姐姐小声谈。

大家七嘴八舌地突然大声叫，
把媛媛吓得左顾右盼。
老舅的眼神儿透着惊奇，
辅导员抓耳挠腮一脸蒙圈。

161

此时我的感觉是周遭特别明亮。

"怪事哎，

快看，

她头上有一大圈金环。"

大队主席正在媛媛身后站。

"丫头哎，

你活脱是个仙女儿哟，

外婆活这么大今儿见着了稀罕。"

屋里大呼小叫地招来外屋院儿里的人，

杜爷爷笑楠他们也踏进了门槛。

媛媛不知所措又慌又怕，

一头扎进了兆莲怀里边。

此刻那兆莲也正目瞪口呆，

下意识地抱紧了媛媛。

兆莲浑身上下也都亮了，

全体面面相觑互相张着嘴瞪着眼。

十秒钟后，

那大座钟的音乐停了，

玉板小门"咔嗒"一声关闭，

屋里一切顷刻又回归自然。

少年们"哇"地一声嬉闹吹叫，

老者们又面色凝重惶然一脸。
辅导员老舅对视着摇头晃脑，
不知不觉中我又发一声喊：
"都是精神紧张出现了迷幻。"

大人的态度都是满腹狐疑，
同学的表情则是得意非凡。
总之今天算是没白来兆康家，
这个蹊跷神秘的大四合院。

兆莲慢慢扶起惊魂未定的媛媛，
把这十分熟悉的师妹端详了半天。
探询和好奇还兼着不解和迷思，
突然目光一下盯住了旁边我的脸。

我从她眼睛里读出疑惑和惶恐，
还有就是很缺乏信任及不安。
姐姐最好别把我当成啥妖孽，
就像刚认识媛媛时那个办公室事件。

媛媛今天被大座钟给走火入了魔，
校园里可能会有故事要侃地说天。
但大多数师生会付之一笑，
小孩子哗众取宠乱搞怪诞。

今天出席的都是顶级干部，

认真严肃都不太热衷传言。

我守着兆莲媛媛步出偏屋，

姥姥正给大家解释这宝贝。

这宗宝贝原属卖这院子的贝勒爷，

那爷曾代朝廷去欧罗巴负责军火采办。

朝廷上皇兄有这类稀罕玩意儿，

虽心爱竟哪敢染指那类宝贝惹祸端。

后来生意上结识德国克虏伯公司东家，

遂求那人帮忙置办了这么一件。

据说这亦是啥奥国公爵大臣的家私，

抵偿军火债务典给了克虏伯总管。

爷于此物爱不释手心肝宝贝，

殡天时大公子继承了这份儿遗产。

后于皇庭内斗失势感凶多吉少，

遂找到我太爷爷欲将易手流转。

因听阿玛健在时说过东家青睐，

前途未卜唯贵东家能将其保全。

这东西里外机关都是精铜好钢，

而且又通体上下皆是真金巨钻。

这等宝贝一准儿得是价格不菲，
更不忍的是老王爷竟倾心挂念。
最后是倾囊兑得了三二百黄金，
还出手家乡懋源一处兴旺铺面。
可得一稀世珍宝都不是白忙活，
那个价钱是超过了这京师房产。

"回家啦。
回家啦。
回家啦。"
声音来自葡萄架上的鸟笼子，
杜爷爷的八哥一个劲儿喊。
大家伙儿听着哈哈大笑，
这会儿时钟指向了四点半。

原来这鸟儿天天这会儿喊这句，
是爷爷有意识地进行了训练。
禽兽的生物钟一向比人强不是一星半点儿，
这鸟儿一叫钟表就不用看。

"叫得好，
孩儿们是该回了，
再等会儿下班儿高峰街上乱。"
姥姥嘟囔着。
于是一窝蜂进屋去抱邮集和书包，

165

姥姥帮着孩儿们抹头挎肩。

一起祝毕业的哥哥姐姐去新学校顺利，
感谢杜爷爷的故事好听，
老舅的厨艺那真叫棒。
出屋门时都向东边月亮门多看了几眼。

大队主席晚点走好像和姥姥兆莲有事，
从说走到告别寒暄也有半个多钟点。
我和媛媛是最后走出的堂屋，
猛抬头看了那玻璃缸一眼。

大毒虫的颜色变成了深绿，
那双细小毒眼正喷射凶恶火焰。
我看它的视线也是冲着媛媛，
我老感觉这婵娟要被凶残捕捉，
就悬着一种说不出的不安。

辅导员带着宋氏姐妹，
一起拐出新太仓奔了公交站。
孟宪明笑楠要去石雀西口，
我和媛媛也去这里还有旗手和劳动委员。

孟宪明他俩问我咋不回东直门那，
要是走那我也得出新太仓北边。

他俩知道我家在哪个方向，
问的也是不经意下意识使然。
兆康站台阶上一边儿眨眼一边挠头，
然后冲我露出会心的笑脸。

向西走我欣赏着各色的院门，
那砖雕那石狮和斑驳的门扇。
门板上对联的笔体那么厚重，
都像是颜体字帖的模本风范。

比上幼儿园还早认得那些字，
知道传家久就非得为人忠厚，
而且延续家世需要把诗书念。
好多年过去了没太明白原委，
只觉得这定是祖祖辈辈流传。

然后一偏头看见笑楠在冷笑，
而且还发现我又攥媛媛手腕，
赶紧松手生气地瞥了瞥笑楠，
觉得他笑的一点儿都不好看。

这时来到一胡同岔路口，
墙拐角搪瓷牌赫然三个大字"九道湾"。
鬼使神差我拽着媛媛拐了进去，
然后扯着她在里面瞎走乱钻。

167

我为能单独和她一起无比欣喜，

浑不管方向是东北还是西南。

仿佛今天诚心就想迷了路，

这会儿这瞎胡同就是我俩的洞天。

媛媛这阵儿似乎也不像是怕迷路的，

任由我拉着东跑西颠。

忽然我就抓住她双肩扳到我跟前，

瞪着看她天真的清澈杏眼。

但仔细看了半天也没找到一点儿杂色，

漆黑幽深水汪汪带点儿神秘感。

说不准她到底有啥古怪，

突然明白有件重要事要搞定在今天。

"听着，

媛媛，

今天哥问你一件重要的事，

一定要如实跟哥谈。

这事哥心里憋很久了，

今儿一定要知道你是不是那梦里婵娟。"

"什么事你说我告诉你，

只要我知道一定不会隐瞒。"

她语气是这样恳切真诚，

从她瞳膜反射里看到我不好的嘴脸。

进而产生一连串反应，

什么时候我成了哥哥？

人家爸妈怎么能认可这种串联。

这个哥哥到底所为何来，

除了不可告人还有啥图谋和危险。

不过我都顾不得了。

"告诉哥媛媛，

你肚子上的双头小鸟儿是咋回事？

那是个什么小人儿书和故事片？"

先是惊讶的神色呈现，

跟着就是不知所措的欲言又止。

但女孩并没犹豫良久，

没多考虑这居心叵测的哥哥有啥盘算。

"那是一个文身的花样，

在家中一个祖传的大铜扣子上边。

是爸爸请大夫朋友帮忙做的手术，

我不知道他们为什么那样干。"

啊！

是她，

验证了，

颐和园后湖那位小花仙。

"知道哥怎么知道媛媛肚子上的画儿吗？"

女孩垂下眼睑飞红了脸，

"哥是怎么知道的呢？"

"记不记得去年春游在颐和园？

哥帮你们救小鸟儿回家，

你救小鸟儿时哥在下面看见，

还有只小鸟儿趴在妹妹肚脐儿上面。"

女孩儿的脸更红了，

"那回原来是你呀，

怪不得王慧说觉得见过你在校园。"

"知道哥想干嘛吗？"

没想等她回答。

"找时间再让哥来仔细看看。"

这会儿见女孩儿抬头东张西望了两下，

双手抚向了自己腰间。

"丁零零"的自行车铃声从不远处传来，

转眼一位叔叔在眼前出现。

这段小巷也就二十多米，

到跟前蹁腿下车走过我身边。

"妈妈回家了没有哇？"
听声音才看清楚了，
车大梁上斜坐着个小囡囡。

按住媛媛滑向腰间的柔软手臂，
转过身拉着她走过去搭讪。
"叔叔，
我们要去北新桥大街，
现在应该向北还是向南？"

"噢，
迷路了吧孩子？
记住，
先向南再往东，
然后向南再往西，
有两棵大树在胡同口两边，
再向南拐先到了板桥胡同，
然后向西就到了北新桥大街前。"

陆续有下班的人们进了胡同。
"以后有机会再让我把肚子上的书签看。"
"好吧哥，
回头你再到我家来，

我一定让你仔细看。"

"但要是让你妈妈知道了一定不行，
得把我当成流氓坏蛋。"
"我们不让妈妈知道，
一定有机会把事情做完。"

听了这话我眼睛湿润了，
过了板桥胡同时急转弯。
路灯穿过国槐纷繁的枝杈，
筛过来无数斑斑点点。
这夏季的晚风没有多少凉意，
体会着小师妹素手的柔软。

一声足以令人震惊的虎啸从傍晚夜幕划过，
接着是几声狮吼足以叫人胆寒。
其时我俩正走在胡同南墙下，
墙后面的驯兽馆隶属于中国杂技团。

忽然媛媛转身抱紧了我，
使我能感受到她身体的抖颤。
我也本能地搂紧了她，
同时眼泪滚落在了她的脸蛋。

那天我们本该坐几站公交车的，

但一直走着送媛媛回家转。

因为互相都想多待一会儿，

结果弄到了这般夜晚。

我们穿过细管胡同走过男五中门前，

穿越北剪子巷就是交道口大街南。

待进到圆恩寺胡同走过了南斯拉夫大使馆，

我就不敢再把脚步挪向前。

我已累得够呛想着媛媛的小脚丫，

歪过头看到了她脚步明显迟缓。

这里我能看着媛媛走进她家的大门，

那家门离这里不近不远。

我跟着她过去要是碰见她妈妈，

我编不好瞎话说为什么让她女儿这么晚。

媛媛一边儿走一边儿回头儿，

见到了是有个身影过来迎面。

远远辨认那身影穿的不是旗袍也是裙子，

我长出一口气把脚步折返。

在交道口等公交车时我冲着大街发呆，

一点儿点儿过电影儿般把今天奇遇盘点。

来过兆康家多少回数不清了，

今天的感觉特别不一般。

新奇刺激揭开了一大堆哑谜，

爽一把后心中迸射出好多不安。

有些事感觉真的不是很好，

忽然就有一些不祥的预感。

兆康的邀请让我倍添感激，

可莫非冥冥中有啥悬念？

直觉也许不代表什么，

希望由于是累了就杞人忧天。

无轨电车快关门时我醒过神儿来，

急匆匆蹿上去撞了脚尖。

疼得我直攥拳龇牙，

车开动时脸上一凛凉爽甘甜。

人不多瘸着脚挪动去有个空座儿，

脸上飘下来树叶一片。

坐稳后端详这片小叶子，

青翠欲滴碧绿嫣然。

那份可爱直教人不忍，

周遭镶嵌着殷红的浅边。

它是这样引人遐想，

一定要小心将其收藏。

这才想起来斜挎了好几个钟头的书包和邮集，
帆布带嵌入了锁骨痛彻臂肩。
暂且把它放在月票夹里吧，
待掖入时才发觉一道隐藏的裂线。

这致命划痕几乎斜劈了这一票娇柔，
突然我就觉得天旋地转。
这夏日初夜飘落的无辜秀叶呀，
但愿别是对不幸命运的无情预言。

○ 十五年后 ○

第六章　离恨天（十五年后）

"花海，

春风，

一年一度地重逢，

总是遮不住的灿烂，

说过青春如梦。

一哭一笑的瞬间，

总让遗憾始终，

一生一世的眷顾，

令岁月流过花丛。

噢，

浮生有悔，

沧海和时光作证。"

怒放的春花里，

凭空有个声音在吟咏诗篇。

旖旎风光令我突然陶醉，

一缕清晰的声音拂于耳畔。

前后左右环顾周遭，
除去春风和煦一个人未见。
伙伴和游人尚有距离，
不会是他们无端发喊。
分明是一阕凝噎的心语，
难道有人在花丛里伤感？

拨开枝杈探视究竟，
两朵蝴蝶飘出里面。
艳翅几乎擦着我面颊扫过，
瞬间令我神思迷乱。

刹那间又跳转至后湖边，
还是当年那幽郁的深渊。
一袭婀娜凄美的孤怜倩影，
头也不回地走走站站。

意识到我的灵魂恐怕是出了窍，
脚下无根什么都听不见。
一时不知是庄生梦见了蝴蝶呢，
还是蝴蝶梦见了庄生。

迸发了强烈的欲望要追随那红颜，

无论如何这回再不撒手了，

抱紧你要在怀中肋间。

这一向你都跑去了哪慢慢说给哥听，

如今终于能扬起幸福的风帆。

忽然那声音又自虚空里响起，

透着无比的凄楚浪漫。

"一个回眸，

又勾起一番昔日的情景。

一缕情丝，

再拨动心灵深处的琴筝。

泪中的笑，

不说相识在孩提两小，

笑里的哭，

哪堪累月经年的过往。

指点春光，

可曾辜负往去今来的欢悦。

蓦然回首，

依旧面对着和煦的春风。

啊！

爱说无悔，

181

未必真是没有对红尘的眷恋。

不向窗前，

忍看飘零渐逝的落红。

噢，

别谈忘怀，

常于寂静中翻开日记。

走入林荫，

岁月已将一切抹平。

唉！

回眸处，

飘絮中听几声悠悠的雀叫。

推门时，

那里正是万里晴空。"

"干啥呢？

又犯呆癫。"

卢刚一掌拍在我后背，

打醒了我恍惚中的迷幻。

"笑楠这厮主意真正，

转了半天还游兴正酣。

当年玩儿藏猫儿就丫先没了，

然后哥儿几个全数蒙圈。

迟到挨剋就甭说了，

现在你看他还是那么冥顽。"

卢刚几乎是在喊。

一众同窗分手十五载有余，

跑来颐和园重温少年。

如今再想上佛香阁得另掏腰包了，

云辉玉宇（牌楼）前又看昆明湖上的轻烟。

长廊内外熙攘的游人把记忆唤醒，

一下子那么多孩提的脸庞再现。

大家差不多都从边陲乡下返城了，

拼搏在改革开放的方方面面，

岁月把表情磨砺隐忍到深沉了不少，

生活在瞳眸中纠结出历练。

"大上午的你咋就没了精神？"

忽然间笑楠蹦出来站我跟前。

这厮笑嘻嘻地一点儿都不显大，

还是当年那个孙猴儿样儿的调皮蛋。

然后扭脸儿冲着卢刚，

山南海北地一通儿侃。

"兆康那厮听说在石家庄，

投奔了爹妈没下乡上山。"

183

"不是吧，

怎么我听说他在保定，

是乐凯胶片厂的一个技术员。"

"哟，

那弄胶卷儿不发愁了，

我在厂工会正主持个摄影学习班。

另外他也成了家，

老丈人是个部队的高干。

你闺女不是也满地跑了吗？

听说你搞定姑娘是在兵团。"

"别说我了，

你咋样啦？

有人说你瞧上了你们科长，

那就任务艰巨战斗惊险。"

笑楠单位正在生产一种美国吉普车，

他是在汽车制造厂上班。

如今工厂企业都兴叫公司，

于是他们就叫吉普车公司还是有限。

这阵儿七八个女生走过来，

吴旭那个同桌比小时候好看。

还有个皮肤黝黑的有点儿像歌星韦唯，

她好像原来是在五班。

她和李兰去的是内蒙古，

从那时起这李兰与吴旭无缘。

再后面两位人群中一亮，

透着显眼气度不凡。

俩女人那架势却是一帅一靓，

就是小时候集邮组里那对儿好伙伴。

如今一个已经是工程师夫人，

另一个是位女飞行员。

一个同夫君一同打农村考进高校，

一个是因男友的关系进了空军啥预科班。

后又因男的不赞成她开飞机，

便分道扬镳嫁了个飞行教练。

真的是人都不可以貌相的，

当年打听那词儿的都白挨了扇。

大家没兴趣跟笑楠去看他当年开溜的地儿，

也不赞成陪我去后湖再转一转。

目前最重要的是都有点儿饿了，

就决定去石舫楼上餐厅撮顿饭。

看着啤酒泡沫在金色琼浆中翻滚，

185

抬头望向西天的远山。
天际有淡淡的浮云飘过，
问春光徐小嫒到底走向了谁边。

偏不爱信说她死了，
执拗地觉得她还活在人间。
一切已经过去了，
终于来在了命运的折返点。

尽管黄连是苦中苦，
进了甘蔗地当然亦不是两头儿甜。
可总归尝到了并加载了希望，
除非你竟没闯过重重关山。

"孟宪明这家伙不知去了哪，
这数学家到底在何方修炼？"
笑楠吞口米饭抓耳挠腮，
还惦记那个同桌的学伴。

当年他老是抄孟宪明作业，
可手段高明从没翻过船。
大家说你咋不去当小偷儿呢，
他说那我爪子还不给打断。
然后就是好几种鬼脸儿，
气死人的德行全不找钱。

"他的情况我知道一点。"
卢刚呷了一大口啤酒眨了眨眼，
"听说后来考上了山东大学数学系，
毕业后又把研究生念。
有人在啥杂志上见过他的论文，
那是一个国际研讨会的公干。"

"这家伙总算实现了理想，
不像我在一破办公室一天到晚。"
笑楠说这话时神色很正经，
那模样儿好像有多大遗憾。

"唉，
说说你吧，
找没找着那个徐小媛？"

我挺懊恼有人提这段儿，
冲我说话的是女飞行员。
我的表情是一脸的沮丧，
然后开口的是李兰。

"那个四年级的大队长，
听说后来她够可怜。
爹妈都没了剩她一孤女，
好像后来投奔啥姨妈去了南边。

我四年级表妹跟我说的，

她是中队委跟小嫒是同班。

是海南还是上海不大知道了，

线索就从那儿断了线。"

李兰一边儿说着一边儿瞄着我，

看来她们还真都听说了一星半点。

"噢，

是上海，

她表姨在那边。

后来她又从上海去了云南。"

我跟招供似地嘟囔着，

情绪与这春光不搭边。

"那要这样就都好办，

云南兵团据说也尽数返了城。

咱们战友中不缺的是上海青年，

让那群帮忙给找个人，

那些个包打听都是如假包换。"

那位韦唯帮着腔，

却让我心中更添烦。

"哥们儿这点儿事儿敢情你们都知道哇？"

卢刚冲着大家喊。

"那点儿事儿是啥秘密呀，

那年在兆康家吃饭，

他俩眉来眼去的以为谁不知道，

还手拉着手肩并着肩。"

工程师夫人大声儿说着，

她面若春桃笑靥欢颜。

她与我这阵儿是超级反比，

小时候没注意她不难看。

李兰这阵儿挺开心，

"表妹说风传徐小媛六年级有个相好，

但没人知道那魔鬼就在咱们班。

你这家伙语不惊人貌不出众，

可是一肚子坏水儿加鬼心眼。

不过当年我知道这些也没瞎说过，

不过后来说了时早就啥用都不管。"

这会儿大家哈哈大笑，

少年时的故事都觉着好玩。

"没错儿，

他爱拉着我去给女生献殷勤，

平时还爱跟女生挤眉弄眼。

还说这叫什么下意识，

他不管那叫不要脸。"

189

笑楠喝到脸红也炮轰我，

卢刚赶紧来打圆。

"你们记性都这么强，

咋不记点儿好的当故事传。

哥们儿又没得罪过你们，

何苦又玩儿大批判。"

"男生女生的事儿就是好的，

你没看古往今来就这几段。

古今中外都是如此，

才子佳人儿男欢女爱占了一大半。

世上的活人除了男的就是女的，

不闹点儿事儿咋繁衍。"

飞行员旁边儿一女生语惊四座，

原来一直都没发言。

这会儿吭吭吭就放了炮。

后来知道也是个女军官。

好像是在啥油田当的兵，

丫头片子比个民兵排长还干练。

也有说是啥叔叔舅舅的帮了忙，

瞧她那两下子不用有人也搞掂。

麻利劲儿还真叫我心生钦佩，

跟那飞行员是铁姐们儿就不找钱。

他们高兴我难受，
一起哄要三瓶儿二锅头来玩。
这帮女生们要出了知青本色，
老爷们一向没上白的哪心甘。

等到觉着要得有点儿过了时，
扶着桌椅东倒西歪指北找南。
卢刚出主意去北宫门儿打车，
先去到他家醒醒酒再做打算。

他夫人带孩子去了娘家小住，
三两天内不会有人打搅扰烦。
不行的话两居室即男女宿舍，
知青难道还在乎啥条件不端。

众人遂感到似这样此计甚好，
遂起身互相搀扶着下楼上岸。
忽然笑楠又晃晃悠悠去折返，
他扶着栏杆挽回了个大事件。

大约五分钟又见他迷瞪下楼，
亏他想着这东西给落在桌边。
见着棕色皮套才吓了我一跳，

191

我那只崭新尼康相机好危险。

表姐出国留学才有了个指标，
两千外币可不算是闹着玩。
"你要说不要了把宝贝送我，
这东西对我可是个超级物恋。
今天这事儿你们都作个见证，
赶明儿个他还得请大家吃饭。"

笑楠短着舌头认真地嚷嚷着，
大家没理由跟他持反对观点。
我一时也不知道说什么好了，
只能是承认这家伙口恶心善。

于是又想起那年春游回家转，
大巴上胳膊差点让大军扭断。
当时我非常同情他的遭遇，
二十年后他报答也有赖老天。

对了其实这并不是最重要的，
确认媛媛是他那一嗓子叫唤。
忽然我觉得这同窗超级可爱，
等找到媛媛这相机送他留念。

女飞行员脸若桃花地嘟嚷着：

"幸亏没穿军装到这儿来现眼，

不然的话抬着拐着回家事小，

部队的纪律处分就不大好玩。"

北宫门外上的车，

三辆出租一块儿奔了东南。

卢刚家的空间同窗们看不算小，

算得上叫人羡慕的住房条件。

大家是没工夫对这房品头论足了，

拿出茶叶烧了壶开水就沏得够酽。

跟着他又拎出一网兜儿水果儿，

要紧的是醒了大家的酒最优先。

我头靠沙发上就快不省人事，

心态晦暗刚才半瓶儿多直着脖子灌。

这阵儿谁难受谁知道，

念佛别吐哥们儿家招人讨厌。

"卢刚，

说归说，

我们女生咋能在你这儿过夜呢，

没人挑眼我们老公也不能干。

歇会儿喝了酽茶好点儿就走，

193

同学加知青的情谊天长地远。
今儿你做东大家伙已然不忍，
又给你添麻烦心里边儿亏欠。"

这声音多半是工程师媳妇儿，
接着另一个声音小了一点。
"你瞧他情绪不高杯却高了，
刚才就没好意思多谈。

好像那个徐小媛没有回来，
听说后来是那啥在缅甸。"
这是我清醒时听到的最后一句话，
跟着就沉浸在茫茫混沌之间。

……

酒往上涌真难受，
得吐个痛快方身安。
跌跌撞撞走出去，
仿佛是一处后花园。

抬头见有参差花树其间，
似又闻隐约的水声潺潺。
正辨不清兰桥之所向，
却有黄鹂在枝头鸣啭。

数丈外一处巧致的幽亭，

被一尊巨大太湖石半掩。

正思摩这里是何所在，

又像有脚步声不远。

继而闻娟润的女声，

遂看到甬路在前面转弯。

"是啊，

等了会儿了，

凌云说他该是这会儿出现。

日子时辰都没有弄错，

尔等且随我前去一看。"

声落处一位丽人已移步跟前，

身旁还陪衬有二三女伴。

随美女而至有熏风带着淡香，

竟都是一袭古典装扮。

一时间我有些不知所措，

捧腹抚头地有些慌乱。

不由得盯视这为首女子的明眸，

继而见识到这脸庞的明艳。

正想如何应对且怎样搭腔，

却又不知道她们与我何干。

195

斯人之样貌颇酷似一故人，
那故人乃灵魂深处的朝思暮恋。

正不知什么表现感动了上苍，
鬼使神差撞见在这别院梵天。
陡然间这仙姑款款向我发了话：

"噢，
见过使君来此做客。
此处是上界第三十三层天，
乃广大天庭之一方所在，
此距离凡界已十分遥远。

有人命中注定诸般牵挂，
于五行三界外也须偿还。
当然这视尔具哪番修持，
搏造物能对尔慈悲垂怜。

君所见物象皆源自尔过去未来，
言谈行止皆不违尔之凡间规范，
君或已知所在却还不明之所云。
这不打紧，
随我来就明白里面的如此这般。"

"噢，

原来这里是仙界呀，
那神仙姐姐们找我有何相干？
您好像知道我为何要来这里，
那便请明示我去脉来端。"

于心感觉丽人不见得大我，
但表示尊敬也不能算乱喊。
若称她们妹妹倒几分不妥，
得明白这非我凡界家地盘。

看她们随分自在无拘无束，
像伊们寻常起居家园别院。
如此怎可容得我大胆放肆，
且尚不明了何来此地公干。
叫声姐姐并不违人之常理，
也便方能显妥帖不犯疏远。

我强忍好奇向仙姑问了话，
一份激动在身心里盘旋。
这事凭空透着蹊跷，
怎么我一下子来见了神仙？
这神仙还确像故事里说的，
一个个美貌真就不是虚传。

"是这样，

197

来此能见到你情深梦侣，

一切都是有冥冥中天算。

此番需让纠结能有个解，

还望惊喜别弄坏尔丹田。

君是无意中入此等圣界，

那便也不可唐突和轻慢。

就依尔规矩先吃点喝点，

然后再随我去终结宿缘。

有数篇古曲含几许寓意，

君不妨欣赏会意于席间。

若终能悟些个俗世哲理，

就免去费神再劳烦指点。"

说着随她缓步至一轩榭，

这雅厦坐落于临池水边。

有琼浆玉液泛清冽异香，

见敞厅已摆齐精致矮案。

斯时此刻我并无意朵颐，

却见佳肴傍着碗盏杯盘。

其实我是馋了这些姑娘，

神话里才见这虞姬众仙。

另有数佳人在聚精会神，
正翻腕屈指欲弹拨管弦。
这会见这姐姐停步舒袖，
展了下手腕把拂尘翻卷。

她并几位仙姬与我落座，
又向那些歌女颔首轻点。
忽然我想找话问个究竟，
挥臂状制止了那些歌仙。

"姐姐，
我觉今日交了恁般好运，
能让你等仙女为我领衔。
我领会你意是来见个人，
难道真能遣我梵境梦圆。

尔仙姬着令我神魂不宁，
也对您的款待于心不安。
另外还未请教姐之大名，
又不晓恩君是哪路上仙。
愿闻姐仙位之芳名大号，
也好永生铭记恩君仙颜。"

"君竟也是爱事究其详的，
也对。

199

是应该让尔更明白机关。
我的名号原也并不玄秘，
君该听说上界有个警幻。

有些时帮痴人引愁度恨，
偶尔还司些个孽债仙缘。
无非示俗人些枉灾虚梦，
为天堂一隅的庭阙小官。

尔仪态透几分空灵去俗，
竟也不枉教那女孩空欢。
往去今来总也多说无益，
就请君细凝神且听且看。"

说毕玉手执盏举腕齐眉，
颔首凝眸示意那些婵娟。

于是丝竹声再悠扬慢起，
我情随曲调似亦梦亦仙。
此刻一秀女执锦册至此，
柔婉翻开铺陈在我面前。
抬头又见警幻微笑点头，
那手势似要我不必多谈。

低头看时，

原来是一曲《西江月》，
仙女们唱道：

"平生所历无奈，
坎坷激荡流年，
纷纷往事梦魂牵，
教把韶华错看。

寻常无端懊恼，
追思几度难眠，
也应放下也应闲，
值此了却夙愿。"

一边聆听这有些悲切的曲调，
一边歪头偷觑仙姑的脸。
从容端庄的仪态，
恁般俊雅而凝练，
且风神娇柔婉约，
这姿容活脱媛媛。

难道竟会是她吗？
却又像比她年长若干；
要不就是她妈妈，
但又比阿姨年轻些年。

201

对了，

没准是她姨妈啥的吧，

似曾偶尔提到过在什么江南。

可话该打哪提起呢？

还是得有些盘算。

这些人显见都不是俗辈，

听着看着都想要举足登仙。

对了，

这些人打扮行藏无疑神明，

纵是啥魔女或仙姑的道盘。

一个个举止高雅俊逸难寻，

一桩桩匪夷所思神秘大观。

得精心编纂好一篮子腹稿，

再想好怎样措辞如何打探。

但聆听这曲调竟悲从中来，

竟会让人无端地泪流满面。

情绪悲戚陡觉得难以自拔，

音韵雅致格调却恁般凄婉。

觥中那玉液琼浆醇厚沉香，

心绪沉郁说不出愁肠百转。

这却是一种什么情殇序曲，

202

恰似是在灵神里地转天旋。

恍惚中记得似觉是喝过酒，
又从哪里进入了另度空间。
有个什么指望一直在向往，
执着着到时候一定要实现。

抬眼看向那些个艳丽歌姬，
任伤魂夺魄之音萦绕耳边。
干脆让他既来之则安之吧，
索性管他是仙界还是人寰。
似醒非醒地在迷离中飘忽，
任凭放浪形骸都不再去管。

那丝竹琴瑟又绵绵响起了，
其实也闹不清或从来没断。
顺手翻扯过锦书又一册页，
饧着眼望向这暗花的锦笺。
这回是一曲《沁园春》，
但听耳边唱到：

"一世来过，
轮回果报，
囿于红尘。
看大千世界，

203

芸芸众生，

沧桑巨变，

淡淡留痕。

捡挑格调，

好恶美丑，

也难称愿也难均。

霹雳至，

似洪水猛兽，

玉石俱焚。

寻常过眼烟云，

看斗转星移休怪嗔。

那同学少年，

匆匆别过，

此劫难忘，

美轮美奂。

香魂罹逝，

流年终老，

旧游残酒忆童真。

转头空，

叹凡夫俗子，

刻骨铭心。"

那悠长的尾音绵延了许久，

让人的哀情也似梦如年。

心绪仿佛浸透着无穷的悲喜，
眼前世界却神光灿烂。

繁枝上见不知名的鸟儿啾鸣，
波光中有锦鲤的艳影在流转。
数尾翠蛙于巨大荷蒲上嬉戏，
玉莲参差的池面飘逸着蓝烟。

几位艳丽仙姬兀自乖巧婀娜，
数个娉婷玉女在那拨弦弄管。

忽然，
有股外力似撞入我灵魂里，
一阵烦躁顿时爆发肘腋间。

像一只莽兔冲撞在胸臆处，
在沉郁中迸发出一款不安。
有情绪上下翻腾难以按捺，
是一个突然萌生出的逆反。

一票无端的怪力像要挣脱什么，
一份莫名的躁动想要跺地喊天。
觉得是不想忍受某种束缚，
像是丹田处蹦出了个心猿。

205

想起唱过旋律激荡的歌曲，

威武雄壮精神振奋天地间。

那些韵律鼓舞了一番冲动，

就是想把个乾坤一并砸烂。

不知道怎么就产生了愤怒，

一腔热血想要看地覆天翻。

又觉着像是经历过什么，

抛却了理智和良知的底线。

体验的是一种恶意的欢快，

面对的是一片欢腾的劫难。

顷刻，

又想起有一次心血来潮，

为写几首诗词彻夜未眠。

为了工于对仗平仄措辞格式，

绞尽脑汁苦改了一宿一天。

第二天教师学术交流会上，

尽情吟诵信心满满。

结果让同事们评头论足，

提了一大堆"中肯"的意见。

有人说对仗句的铺陈端的不易，

有人言词的创作工于平仄最难。

一字一句的全有诸多讲究，
一板一眼的都需方寸不乱。

难为我搞成这样实属够范儿了，
但追求炉火纯青似是火候还欠。
又有人举出唐诗宋词的蓝本，
还有人搬出楚辞汉赋的规典。

大家条分缕析俨然头头是道，
我一旁七上八下挂不住难堪。
问题是座席上还有不少学生，
一众课代表聚精会神瞪着眼。

对老师们学术研讨颇有兴趣，
有人还拿着笔记本连写带算。
那时我的谦虚实属口不对心，
那会我的笑容肯定十分难看。

陡忽间，
一侧脸抬头睁大了眼，
对面是警幻表情奇怪的脸。
那眼神此刻是询问的神态，
似一缕沉思闪过眉目之间。

无意瞥见餐盘上我的反照，

惊见一张刻薄仇恨的怒脸。
顿感惭愧遮掩这悻悻心态，
咬嘴抿唇别提有多不自然。

为了搪塞尴尬得找些什么话题，
接着又弄了个班门弄斧的事件。
枉自强撑凡人虚荣的卑怯，
想发泄那般学校里的不满。

跟警幻说那《西江月》平仄有误，
错在首句头两字及四字之间。
另外的错处在下片首句，
与上阕的问题无二一般。
其余问题还有数处不妥，
那《沁园春》亦是可圈可点。

我这里一边厢还说三道四，
没留意那边厢警幻的冷眼。
忽意识到这态度大概狂妄，
又慌忙愧疚难当赔起笑脸。

"不是的，
姐姐，
噢，
当然，

208

我三生有幸聆听仙乐，
并承蒙姐姐帮衬仙缘。
酒力糊涂方至大不敬，
还望仙姑原谅我疯癫。"

警幻那神态不卑不亢，
看不出生气还是喜欢。
一脸一身是端淑沉稳，
令我恐慌的平静超然。

仙姑低头若有所思，
语气深沉而又缓慢。
"凡夫的心力本就孱弱，
休怪那陈酿乱性迷嫌。

倒是你这半路的书生，
竟还有三分狂傲不甘。
格式焉能把神韵窒息，
灵魂桎梏会僵化呆板。

诗史上名家不乏不拘小节，
小瑕疵不掩大作千古流传。
如今下界不是在讲"与时俱进"吗，
任事要存活需随分迁安。

想那八股文风几近淹灭，

鲜有少年再作诗词文案。

这仙词雅韵总归是烦琐，

仅见雅士骚翁题吟赏玩。

终至天荒地老劫数尽时，

且便此曲只归天上有，

而下界再无缘。"

于是我们又都再度沉默了。

穿越厅堂飘过暗香的熏风，

伴着依然凄清的丝竹管弦，

一时间我又似睡似醒的了，

恍惚中似听到仙姬们的攀谈。

"姐姐受托管起这事，

该懂跟凡魂这般交往有多麻烦。

那下界历来少有灵性悟透天机，

且尤其这情债最是难还。

让已脱苦海的生灵旧梦重拾，

谁说得准于尔等是不是黄连。"

"噢，

哪里，

这是凌云姐姐的所托。

姐姐苦于无法莅临亲牵，

被造物遣去另外的遥远时空，
这一去或致经年。

她最放心不下女儿这桩心事，
据说那凡夫心志也算有几分弥坚。
此前造物安排下这番际会，
大概也是玄妙的天使灵验。

那凌云的来历颇为深广，
于千百代磨砺中倍受熬煎。
身心穿越了浩劫的沧海，
历尽女子无数轮回的苦难。

以大慈之心修持圣洁，
又大悲之怀坚守爱怜。
在浩瀚长河中承继女娲香火，
灵肉之高贵非我等能比肩。

阿媛那孩子多么端巧可爱，
却注定了与这位有段情缘。
了结了这段会是哪般模样，
等到分别时可别抢地哭天。

另那日偶阅天橱旧档，
无意读到了凌云公案。

姐姐的册页未予加密，
好奇驱使我一番浏览。

原来这后生颇不着调，
却见他来历几许遥远。
原本他竟是一条赖龙，
不潜心修炼时常偷懒。

六根不净又心猿意马，
常溜去下界东游西转。
世上本无没缘由的事，
孽债或缘起数千年前。

乱跑游逛到方外之地，
竟尔比西牛贺州还远。
跑到那边厢还不消停，
着怪雨纠缠凌云分娩。

逼得那皇后伤心许愿，
答应用一位公主结缘。
仓促时间上未曾应许，
一晃三千年往事如烟。

终于这不肖又摊祸事，
轮到了阿嫒替母还愿。

那哀龙当年跑回天庭，
胆大到惹下滔天祸端。

这行径已经触犯天条，
自难逃劫数惩戒清算。
结论是逢时打下人世，
经众神交割开具罚单。
这家伙顽劣误打误撞，
竟与那凌云结下渊源。"

顿了下警幻再度启齿，
道出的前情令我骇然。
宇宙时空是如此浩大，
我前世今生却腾挪有限。
巧合的巧合概率都比这大，
要感激涕零那皇后的良善。

"对他的惩罚一直都没执行，
天庭的执事似将他给忘断。
两千多年后他又领个差事，
凡间高人要把座都城修建。

日月星辰已经把持了风水，
只缺几条龙要守几处海眼。
派他去个叫北新桥的地儿，

213

他耐不住寂寞又到处疯癫。

不是幻化成公子吟诗作画，
就是去那簋街上吃喝不检。
出没于赌场青楼放浪形骸，
全然不怕冥冥中苍天有眼。

在大任上这等样不司职守，
真的就无法再救他出生天。
结果大水差点儿淹了京师，
这下逆鳞断头再不能幸免。

众神的怒火早就难以遏制，
复查出他曾经的糟糕表现。
遂差遣一条青龙走马换将，
他被缚于云门处等待刑天。

但行刑时那凌云悄然而至，
请求留他一命自己还个愿。
龙被逆鳞斩首便形神俱灭，
抛去宇宙黑洞幻灭到永远。

长老尊者们都敬重这仙子，
她跨越数个文明历尽苦难。
是女娲夏娃最倚重的天使，

任是什么交代要给她个面。

说好留命魂须要打下凡界，
这厮断无资格再位列仙班。
然后他于锁龙柱听候发落，
才上演了后来的这番桥段。"

"噢，
原来竟是条闯了祸的残龙，
今番命中由我们帮忙结案。
如此姐姐便好生去认真办，
好歹帮着凌云还了这个愿。"

听到阿媛时我脑子清醒了不少，
真的有好事等在前面。
激动让我心跳都快了，
就快装不成瞌睡和困倦。

咋我还是条什么不争气的龙，
敝人前世竟还有那么多不堪。
与媛媛竟是几千年前种的因，
这花也未免开得太过慢了点。

但我的生肖属龙却着实不假，
难道媛媛竟非我大汉的花瓣？

215

是不是的也是几百辈子前了，
忽想起兆康老舅当年的评点。

一眼识出这小妹妹异域风情，
得佩服那舅舅的学识和毒眼。
继而又记起曾经的卿卿我我，
夕阳里她秀发有紫金色呈现。
当时哪顾得如此细节和异禀，
正焦虑着离别的凄苦与不安。

"姐姐，
我看这厮像没听出啥子午卯酉，
也就休再浪费时间。
稳妥行事了却托付，
不如就带其去见了阿媛。"

"是呀，
我观此君却像个被荼毒太过的，
只怕成了他好事将来更难缠。
不过好歹那是凡间的事了，
须知神仙也难面面俱到，
事事圆满。"

"姐，
这个事你一人去摆平吧，

有事再把我们召唤。
阿嫒那孩子的凡界相好，
想来还不至死皮赖脸。"

"那好吧，
他这第一关走得不好，
看来任事需慢慢参禅。
见了女孩兴许能好些，
让尔等自己去看破梵天。
我们不能责怪凡夫，
他们悟性差得太远。"

突然，
警幻以拂尘轻掸了我一下，
"醒醒吧，
咱们也该去把正事儿办。"
我正思谋如何继续装样，
见状就欣喜地连声应唤。

"是呀，
神仙姐姐们，
确实得快些把好事开展，
别再光是听这劳什子了，
办好事需抓紧光阴有限。"

我眉开眼笑难掩心中欢悦，
简直是手舞足蹈春风满面。
这会那俩仙姑看着我冷笑，
不知谁就迸出句尖刻语言。

"谁说这厮悟性冥顽不爽？
装睡偷听挺经得住考验。"

警幻示意我随她前去，
转眼又至一小筑其间。
这里被几树玉兰掩映，
庭前遍植了芍药牡丹。

斯时行进于抄手游廊，
秀阁朱亭颇精致难言。
进得一阁中窗扇洞开，
熏风勾起我别情难按。

警幻亲自泡两盏香茗，
素手递一盅至我案前。
观其神态像欲有交代，
我接杯在手郁郁寡欢。
她见我心绪别有所归，
遂欠身落座款语温言。

"君现在还认为今属偶然吗？

竟未听闻过皆有天算，

是否盘整下今世执着，

对期待也有些个冷静盘点。

但我观君似迫不及待之状，

可任事亦总得遵循个规典。

依然要君明白梦中的世界，

设若临幸了并不代表久远。

不过自然这告诫总欠端详，

但也不能不事先与君规劝。"

这会儿仙姑观我竟终不开窍，

遂起身带我步出这阁间。

那仙姑遂领着我步出暖阁，

又穿过了类似一处偏殿的后门边。

过了一处水上廊桥又转过一处假山，

面前又一个大花园。

我跟在她后面极力想弄清方向，

一直都没有阳光又不见影子，

任是明媚花香却找不着南。

迎面却见一个大垂花门儿，

又两面洞开的门扇，

两尊模样乖巧精致的铜狮，

转过影壁置身于藤萝架前。

汉白玉石阶伴着彩画廊厦，

又一处亚似离宫的别院。

又几处小巧的深闺秀阁，

又几般精致的象牙珠帘。

仙姑轻拉了我一把，

一同又踏进了一个暖阁间。

"阿媛在哪儿？

尔等可曾看见？"

但见几个女孩正聚精会神地刺绣对弈，

并未注意我们的出现。

一个女孩闻声站起，

"还说呢，

阿媛正在与我下棋，

就被你从伊甸园请来的阿姨拉去她那边。

说她最爱媛媛的学识唱念，

非得过去陪着她做功课玩。

那天几个金刚力士帮忙弄来个大琴，

220

那样子奇怪又新鲜。

镜子般的紫漆铮明瓦亮，

周遭还镶嵌着珠贝金边，

盖子里面竟是一排排的钢弦。

那声音比编钟悦耳，

气韵刚冽浑圆。

却原来媛媛会弹那东西，

弄得那金发碧眼的阿姨好喜欢。

"姐姐，

那是个什么乐器呀？

你过去可曾识见。"

警幻微笑，

"你们这是少见多怪了，

那玩意儿叫作钢琴，

乃你们离开尘世多年后才出现。

于西面那方叫欧罗巴的地方诞生，

从一个叫意大利的国中传来这边。

媛媛才来这里不久，

她会弄那东西也不新鲜。

噢，

还是我去找她吧，
这儿有个人她得见。"

这时女孩们扭过头瞧我，
我瞧她们一个个都亚赛天仙。
刚才说话那女孩见了我就睁大了眼，
小声对一旁的伙伴说：

"这人怎么像我堂兄？
结婚当晚就被人毒死在洞房前。
原来他新娘被一个大臣的公子看中，
气不忿儿就闹出了那一段。

后来那公子被父皇车裂，
全家都被满门抄斩。
百十口哭天抢地也没用，
血溅瓮城不忍看。"

一番话说得周围花容失色，
也让我听得毛骨悚然。
抬眼去注意这女孩的打扮，
啊，
这阿妹一袭史上胡人的装束，
天生丽质却一脸的娇憨。

猜她一定是位金元的公主，

可既然来到了这儿，

说不准也是个短命的婵娟。

警幻低声对我讲：

"这里的女孩子都有些来历，

你不必见怪也用不着不安。

你来了就是一定要见你该见的人，

命运的安排不可以违反。"

走着走着心下开始嘀咕了，

既来了就一定得带走媛媛。

是否这警幻也该有个上司，

人寰仙界似都不差的样板。

怎样启齿谈带媛媛走的事，

又怕还没见人太唐突不端。

比如这位造物也不知何许人，

看样子连警幻都归他管。

多半是他带媛媛来的这里，

那么我带媛媛走也需他来把头点。

我一定得设法见到他，

这事儿重要刻不容缓。

那个警幻十分面善，

就跟媛媛一样好看。

可在她面前好像不敢造次，
那看似温和的眼神简直能把心戳穿。
对了，
这种人一般都法力无边，
但瞧模样她对媛媛疼爱有加，
这地方看上去倒是很不错，
起码看来非常安全。

再看仙姑不紧不慢地缓步前行，
那份儿从容安详世所罕见，
这神态颇似媛媛当年学生干部时的样子。

转而又想：
其实我的媛媛原本就是位神仙，
倒像我真的没见过世面。
可她要是神仙为啥那么悲惨？
一定是天上地下有好多事，
我这个凡人摸不着边。

于是与警幻没话找话，
百无聊赖打发时间。
"神仙姐姐，
你们这里还有西洋人吗？

刚才我听女孩子们说起，

什么伊甸园，

还有阿姨是金发碧眼。"

"噢，

天上的世界有时像凡间的镜子，

在人类的精神世界里梦想牵延。

有人爱把一些人和事给偶像化，

好让他们能其说自圆。

这其实源于人类的心力不够强大，

但其实脆弱的心灵常浸润着良善。

可坚强是公认的优秀品质，

但那必须是正义的体现。

要是一个坏人又铁石心肠，

那他的行为就是地狱无间。"

她这话其实我也没太听懂，

却假装明白地把头点。

说着来到一方所在，

我停身站住仰头观看。

但见粉白墙上一段拱起的青瓦，

下面是一方砖雕的额匾，

凹进的字体鎏金披饰，

娟丽圆润的样子飘飘欲仙。

伴着隔墙飘出的沁香让人向往，
丰秀俊逸的姿势百看不厌。
比玄秘塔胖比多宝塔瘦，
三个曼妙的大字：
圆梦园。

两侧依然是鎏金披饰的同样字体，
只是那字小了两圈。
但见右手上联：
平生痴恋难圆南柯一梦，
左手下联：
命里玄机必了碧玉仙缘。

这才又看到匾额下还有一横批：
又见婵娟。
此刻警幻转身郑重地朝向了我，
若有所思地开口发言。

"自己进去吧，
若听我劝那就记住，
应该听说过人生不如意十之八九。

所谓幸福笃定都是相对的快慰，

将其看透才会明白那过眼云烟。
命里有此可以等待本不必焦躁，
冲动和热烈迟早也会归于淡然。

三生有幸修到了奇葩共度，
片时的惊喜也带不到凡间。
水乳交融过后总归要淡定，
将其看空才是明智的遴选。

好了，
悟不悟得透就看你了，
一切都敌不过永恒的时间。"

我默视着仙姑那似悲似喜的眼神，
欲见媛媛的迫切百般熬煎。
却不敢在她面前些许不敬，
源自还想依赖她面见媛媛。

醒过神来已不见了仙姑，
也不知她是怎么消失的，
竟连转身和背影都没及看见。

回身举手推开那两扇朱漆院门，
顿感一袭花香迎头扑面。
耸起鼻翼狠吸这熏风，

227

想辨认出都是什么馨甜。

有丁香、海棠和不清楚的什么兰草类花卉，
忽然想起媛媛北京家里的那座庭院。
那里也有这样的树木，
只是没像这里繁茂灿烂。

那时欣喜天真地憧憬着未来，
后来的绝望又成了风筝断线。
媛媛在命途中被我撞上，
就注定要让我梦绕魂牵。

这花香初闻颇感朦胧，
及至细品时却觉恬淡。
缕缕幽香更让我遐思，
而秀树灌木已使我离情难按。

我的玉人到底在哪？
怎么还不见有厅堂处室呈现眼前？
曲径通幽又一处月门，
进门一侧见巨石假山。

感觉这里像是个旁门，
依然方向不明不知是哪端。
未免心中生出烦躁，

面对这层嶂我望眼欲穿。

啊！

终于看见一丛紫竹掩映下的秀阁，

我激动狂喜几乎是飞奔向前。

这小筑竟是恁般艳丽，

猩红的朱阁镶着明透的罗纱，

盘长般图案是耀眼的金线，

牢实地镶嵌在朱门的内圈。

雕梁与斗拱都金亮突兀，

皂青幽碧蓝绿相间。

横斜繁复得匪夷所思，

钩心斗角地搭接攀连。

托架起的画栋上是成语典故，

那些山水人物都丹青斑斓。

顶上橙黄金碧的炫彩琉璃，

搭檐处都是碧绿镶边。

檐角处一队吻兽骑瓦挺立，

上面的天空清澈高远。

这番高雅的氛围华丽庄重，

一派皇家宫苑的气势肃穆昭然。

229

此刻我心绪平添了凝重，

脚步也变得稳重轻缓。

抬头定睛檐下悬挂的精致匾额，

"枕梦阁"三个字跳入眼帘。

国红地儿上的鎏金圆润经典，

左右依然有一副对联：

"曾经沧海，

天涯未竟难为水。

除却巫山，

非比阿媛不是云。"

却听得虚掩的门内似有脚步声渐近，

我轻喊了一声：

"媛媛！"

便推门踏入房间。

第七章　欣鸳殿

一瞬间，

眼前一亮，

迎面一个佳人亭亭玉立。

那仪态清丽、温婉，

那姿容端庄、美艳。

这样子熟悉却陌生，

这态度亲切又疏远。

一别十几年！

而今却令我在这惊艳中止步，

在这端丽前傻眼。

现在我竟不敢上前，

呆愣在那不知所措。

无数镜头在眼前回闪：

想起那次摔破头被媛媛带进她家，

似也是这样和她妈妈照面。

可眼下为什么是她妈妈呢？

噢，

她长大了，

不像她妈妈又会是哪般？

小时看过一部电影《画中人》，

那画中的仙女曼妙地来至跟前。

不久前还目睹了一部进口大片，

哥伦比亚公司的片头忽地叫我心酸。

那手擎火炬的女神不知怎么，

叫我突然就想起媛媛。

眼前视线一下模糊了，

邻座的观众直朝我看。

可眼下的情形令我奇怪，

面对着朝思暮想的姑娘，

忽然间不知道该怎么办！

最终竟哼出了曹雪芹那阙绝唱名篇。

"方离柳坞，

乍出花房。

但行处，

鸟惊庭树；

将到时，

影度回廊。

仙袂乍飘兮，

闻麝兰之馥郁；

荷衣欲动兮，

听环佩之铿锵。

靥笑春桃兮，

云堆翠髻；

唇绽樱颗兮，

榴齿含香。

纤腰之楚楚兮，

回风舞雪；

珠翠之辉辉兮，

满额鹅黄。

出没花间兮，

宜嗔宜喜；

徘徊池上兮，

若飞若扬。

蛾眉颦笑兮，

将言而未语；

莲步乍移兮，

待止而欲行。

羡彼之良质兮，

冰清玉润；

羡彼之华服兮，

闪灼文章。

爱彼之貌容兮，

香培玉琢；

美彼之态度兮，

凤翥龙翔。

其素若何？

春梅绽雪。

其洁若何？

秋菊被霜。

其静若何？

松生空谷。

其艳若何？

霞映澄塘。

其文若何？

龙游曲沼。

其神若何？

月射寒江。

应惭西子，

实愧王嫱，

奇矣哉！

生于孰地？

来自何方？

信矣乎！

瑶池不二，

紫府无双。

果何人哉？

如斯之美也！"

"嘟囔什么呢？哥哥。"
她开口了，
但这语调却平静得可怕，
而那态度也无谓得心寒。

她是嫒嫒吗？
虽说嫒嫒一向语态平静，
但无论如何与这目前不搭边。

她虽娴静，
也该能有隐忍的激动。
十几年啊！
难道我们不是望眼欲穿？
是不是应该有些女孩儿的悲切伤感？

我的嫒嫒，
端庄却有着坚贞的情愫。
一起从天坛回家的那个夜晚，
还有我去边疆时的北京站。

那断线珠玉般的热泪，
铭刻在了记忆里；
那梨花带雨的愁容，

总出现在梦里边。

怎么刚才我竟唱起雪芹先生的诗，
其实那也不该是我现在的情感。
这仙女妹妹的美丽自不必说，
也与媛媛母女一般好看。

难道我来就是为了看看仙女，
并赞美一番？
再凝神定睛时不禁惊愕，
怎么她竟像是不认识我？

她要不是媛媛的话，
对我还有什么意义，
纵是天仙也并不与我相干。

一定是哪里有些不对，
可现在警幻又不在跟前。
忽然感觉浑身疲惫无力，
惊喜的情绪已损失大半。
失望中却听这女孩说道：

"你好，
哥哥。
警幻姐姐让我等一位哥哥，

她说这哥哥跟我有很深的渊源。

听到声音我就过来开门，
你确实非常眼熟，
却记不起曾哪里相见，
还让我心中有些辛酸。
想必你就是那哥哥了，
那咱俩就一起进去里边。"

啊！
是她！
没错。
我的媛媛。

只是在这仙界被灌了迷药，
倒是听说过天堂地狱都隔绝于人间。
要是你还能记起凡人的事，
那就证明你不是鬼怪神仙。

忽地心中无限酸楚，
媛媛不记得我了！
我俩的情意已被没收，
理想与憧憬顷刻塌陷。
你跟我不贴边。

噢，

不对。

贴边了，

你这不活脱就在我跟前。

试问在人间你疯了傻了，

我是否会抛弃你？

回答是

不愿！

何况你现在不疯不傻。

是哥不对，

见了师妹竟不珍惜，

还敢胡思乱想地辜负婵娟。

"媛媛，

你怎么变成了古代的小仙女，

让我看着古怪又新鲜。

这打扮珠光宝气明艳千秋，

是个电影小人儿书里的神仙。"

媛媛听着我的话若有所思，

忽然像想起了什么一脸欣然。

"噢，

警幻姐姐说过等见了哥哥就换身儿衣服，

那服装已经准备好了就在里边。

跟我到我那里去吧，

你休息休息我们再一块儿攀谈。"

她带我走过了一段隔廊，

两旁都是关闭的窗扇。

我欣赏着上面精美的镂空木雕，

思索着下面要与师妹怎样纠缠。

转眼来在一间精致的隔间外面，

上头依然是高廊描画的瑰丽天花板，

整齐横竖排列着展翅的团花白鹤。

远处是这廊轩通着花园的敞厅间。

媛媛轻柔地推门迈进门槛，

进去后那门自己关至虚掩。

我瞥见一架雕花坐榻上有衣服几件。

我在门旁犹豫踌躇着，

想着这样无理闯进去会吓着媛媛。

能听到她拆卸首饰金玉的钗环声，

还有那轻柔悉索宽衣解带的搭拌。

又想把她怎么样不在这一时半会儿，

又想到瞧这里的样子横竖没人看见。

正胡思乱想着门就开了，

我像梦醒时分又见了婵娟。

一袭齐膝的素格子挎肩衣裙，
宽幅吊带镶着绸纱花边。
裁剪精致掐身的雪白色长袖衬衣，
珍珠光白色纽扣绷紧隆起的胸前。

发际上还是那条乳白色丝光缎带，
秀发瀑布般柔软地披于双肩。
袖口轻裹着的秀腕柔韧如雪，
一时间我有点天旋地转。

这装束把我给看哭了，
只是师妹比之当年略觉丰满。
移步出屋时又见那双白袜小黑皮鞋，
我夺眶的眼泪似乎惊着了婵娟。

"你怎么了哥哥，
你是不是很累呀？
那你就先在这里歇会儿吧。"
说着挽起我臂膀进到了屋里面。

这会儿我看清了这方堂厦，
里面勾连着若干房间。
门廊厅阁错落穿插，

瓶盏珍玩眼花缭乱。

我绞尽脑汁猜度着这是何处，

我的见识只知道《红楼梦》里有个大观园，

还有家乡有个故宫博物院，

再有我们北京人都知道的啥恭亲王府，

当然也少不了北海颐和园。

饶是如此我对这里还是陌生，

转念又想那些个皇家园林都只是参观。

众多博大精深都没进去过，

更遑论在里面喝茶聊天。

媛媛竟然在这地方起居，

这架势绝对是公主郡主格格不找钱。

以后要是能把同学战友给弄来，

一准儿会让他们惊呆傻眼。

笑楠那厮不得惦记偷几件，

卢刚自恃见多识广也还得修炼。

想到此我不禁破涕为笑，

又换来媛媛好奇的杏眼。

这会儿她带我来至一方宫格矮窗下，

窗前一方雕花的黄檀茶几晶亮端然。

241

几上几盏淡绿典雅的茶具泛着柔光，

她素手温柔地按我坐在这窗前。

我一把抓住这只手，

放在唇上待了有半支烟。

另一只臂膀搂抱住她腰肢，

回忆许多往事如烟。

良久松开后不太好意思，

耳根发烧向她道歉。

"对不起媛媛，

能原谅我这样无礼吗？

你是否还能记得小时候许的愿？

待会儿听哥帮你回忆，

然后咱俩就幸福美满。"

"小时的事我不记得了，

但之前警幻姐姐交代过一番。

她说你对我绝无恶意，

让我什么都依你的意愿。

就是不管怎样都不要拒绝，

对你对我都是要发生的事件。"

听她说话时我依然抱紧她的腰，

胸中错综复杂心慌意乱。

同时低头看周遭错落摆放的几只绣墩，
还紧箍着宫绣的云锦丝垫。
被我放下后她就去到对面墙下，
那边厢烹茶煮水的袖珍壶灶一应俱全。

我抬眼望向窗外的旖旎风光，
美妙的荷塘让我想到了谐趣园。
不远处也有类似濠璞涧的曲径石桥，
只是那上面有石廊罩盘。
廊间的雕饰风格迥异，
似都是西洋式的古典洞天。

"这些花园真美都是哪呀？"
我忍不住脱口就问了媛媛。

"噢，
这园子原本人世中也有，
大概不是在法国皇帝的卢浮宫，
就是在清朝皇帝的圆明园。"

听了这些我哑巴了，
对小师妹的身份岂止是刮目相看。
得想想别太造次了，

太过分了回头再惹上祸端。

还记得偷听了警幻说媛媛受女娲关照，

可对我那些个暴君绝不会手软。

这时她提过来紫砂陶壶并捧着一方青瓷罐，

一经揭开茶罐儿清香弥漫。

然后沏就茶水将杯子放稳，

又起身从不远处条案果盘捧来水果若干。

柔婉地坐我对面儿准备削一只白梨，

我从她手中拿开这梨换一个苹果盯着她看。

又拽着她肩腰离开对面绣墩，

拉她离我更近处坐掂。

"媛媛知道梨在咱们中国话里与啥谐音吧，

也知道苹果的故事发生在伊甸园。

那就给哥削个苹果吧，

哥想就着苹果来吃媛媛。"

"我是活人怎么能吃呢？

不要吃我我给你削好多苹果还做饭。"

忍了半天我才没扑上去，

那样太唐突简直就是野蛮。

这个下午在款语温香中慢慢度过，

我说起众多往事帮她把过去召唤。
无奈她瞪着眼专注地听着我说山，
却频繁默默摇头昭示我全都白侃。
敢情这仙界的迷魂汤竟如此厉害，
把个通灵剔透的女孩弄成呆婵娟。

最后让我觉得有些索然乏味，
只是目不转睛看着优雅俊俏的媛媛。
她一颦一笑都无法不使人侧目，
或凝神或托腮都是女娲夏娃的灵感。

黄昏降临时我觉得饿了，
媛媛挽着我从廊厅步出来到池塘边。
沿着汉白玉石栏踏上那方西洋式廊桥，
那桥廊里许多带翅膀的小天使攀柱扶栏。

这些玉石雕刻晶莹剔透镶嵌着翡翠玛瑙，
夕阳照射里迷幻玄灵鹅黄鸭绿姹紫嫣红。
又望见荷塘中荷花荷叶冲我点着头，
几只碧绿的青蛙冲我顽皮地眨着眼。
快出廊桥抬头见最后一个蒙眼天使，
弯弓搭箭那箭尖正指向了我和媛媛。

我俩走进了另一座华厅，
壁画上全都是豪门盛宴。

245

但见汤酒饭菜栩栩如生，
男女老少正在朵颐欢颜。

凝神观赏那画设色笔法，
媛媛拉我光临小筵席前。
这圆桌一樽大绣墩形状，
云纹大理石于案芯镶嵌。

细碗华碟里见绿肥红瘦，
银盏觥杯中是玉液琼浆。
这光景简直是朕与爱妃，
活脱电视剧的宫廷桥段。

现在最想请来同学战友，
大家来享受朕爱妃恩典。
然后露出了我知青本色，
双手十指展开狼吞虎咽。

酒足饭饱后冲爱妃直眼，
她拉着我去到侧厅洗涮。
这小厅应该是个卫生间，
夕阳不再蜡烛早已点燃。

没人伺候它咋点着的呢？
想到许多蹊跷不必打探。

出来时媛媛已收拾停当，
拉着我穿过此厅转了弯。

眼前见一系列广阔华厅，
都陈列着无数宝藏珍玩。
高墙上描绘着巨幅壁画，
有的很恐怖有的很美满。

我见几幅像敦煌莫高窟，
艳丽辉煌就像是刚画完。
穿越数厅又跨广阔庭院，
巨柱重檐瑞兽熏炉冗繁。

层层玉阶雕琢精美绝伦，
暮霭中见宫殿巍峨连绵。
座座庑殿歇山①鳞次栉比，
辉煌金碧祥云五色盘旋。

到得一高处时偶抬望眼，
但见宫苑外是碧海苍山。
没见媛媛有停留的意思，
估计仔细欣赏也得数年。

---

① 庑殿歇山：中国古建大屋顶形式，故宫太和殿为庑殿式，天安门为歇山式。

也不知媛媛要带我去到哪里，
只觉一股原始的冲动已蓄势于丹田。
这感觉就像烈火一样要从身心喷涌，
那欲望像怪兽随着夜幕被唤醒点燃。

几次像是要凶狠地钳住媛媛双手，
但都被她匆忙的脚步给摔闪。
然后在一处繁花簇拥的华厦前驻足，
幽暗天光重檐下见金字殿额"欣鸳殿"。

那殿门隔扇无声地开启了，
待我俩踏入又关严了门扇。
左右两樽漆红巨柱上一副楹联：

多舛命途终得修成仙界羽化，
机缘但得情债须偿凡念仙媛。

远端上方赫然还有一金字巨匾：
鸳梦之巅。

殿堂各处千姿百态的烛台灯火通明，
五光十色流光溢彩的珐琅瓷琉璃盏。
影影绰绰像是有许多人影姿势各异，
连同有各类飞禽走兽双双两两纠缠。

静下心方看清青铜紫金的裸体人兽，
雌雄男女都仪态缠绵。
此时的脚步似不是自己在走，
一飚神力推着我俩向前。

……

后来那如坠梦幻的时刻如何度过的，
隐约记得历练了几番快意香甜。
扭头看着媛媛安祥沉静的睡态，
猜她在梦乡的意境里安歇正酣。

我是怎么来到这闺阁雅室的呢？
似乎当时是置身于一座偌大的宫殿。
还有一只黑豹陪着媛媛和我，
那野兽让我紧张地抓着媛媛臂弯。

可媛媛的态度相当淡定安详，
就像那动物是她的天然伙伴。
忽然觉得这动物我似乎也认识，
只是一时想不起是何月何年。

竟是一朝来仙境，
悠悠闲梦远。
这会儿只觉得身心无限惬意，

然后悄然起身踱出这典雅绣阁间。

……

看不尽多宝格中的瓶盏珍玩，
樟檀书橱里的善本古卷。
紫铜熏炉泛出沁人的幽香，
中堂壁挂是山水流泉。
雕梁画栋上有神魔精怪，
庭院中婆娑的是紫竹玉兰。

比北海的静心斋更舒适，
明亮更胜故宫的养心殿。
惬意不让颐和园听鹂馆，
好看似恭王府的后花园。
真有不受限制的那回事，
定要和媛媛好好玩一玩。

静心斋亭榭里有一泓碧水微澜，
养心殿庭院前不见这秀竹幽兰。
听鹂馆的格局似不是这等排列，
也明明与恭王府的陈设不一般。
媛媛说这个园林是圆明园的，
但圆明园被毁已不在人间。

一边想着一边踱步至书案边，

顺手提过一个绣墩来坐稳重。

在那紫檀书案上的青瓷卷筒里拽出一轴素锦，

铺开在眼面前。

笔架上摘了一支大楷狼毫，

挥挥洒洒把此诗变成书面。

然后惊讶我的字什么时候这么漂亮，

有点像同学卢刚的风范。

记得卢刚临的是欧阳询的帖，

书法老师说那字体横逸险绝潇洒耐看。

继而欣喜这绣闺书房竟什么都有，

极品的徽墨端砚还真不简单。

好奇驱使我起身去到侧厢隔壁，

这边厢没卧房那里奢华灿烂。

栋梁隔扇雕饰都透着雅致简约，

古朴厚重的壁柜书橱秩序井然。

通堂充斥着一袭清幽的纸息墨香，

罗纱外菊影修竹在摇曳阑珊。

我不由得沿着书橱踱步而去，

依次拉开那些个橱门一扇扇。

忽然于角落一橱内的隔挡处，

瞥见了一方熟悉的物件。
那是一枝陈旧的老式派克钢笔，
笨重的样子拿在手里沉甸甸。

它放在一个塑料皮儿的厚笔记本儿上，
这两件儿东西在这厢太过突兀赫然。
当然这里到底都写了什么，
那就无论如何必须要看。

啊！
正是那熟悉的娟润字体，
唤醒温馨的往事桩桩件件。
而眼下婀娜呈现于眼前的，
竟似是浸润着热泪的凄美箴言。

令我专注异常，
是因为有支认得的书签很显眼。
那是当年妈妈获得的先进奖励，
她给了我跟着转手送给了媛媛。
并未来得及更仔细地追忆思索，
一阕《鹧鸪天》呈现在眼前。

"浪迹天涯怅悠悠。
匆匆江海又清秋。
断鸿非是洪乔误，

兰台居处总添愁。

寂寥夜，
付金瓯。
漫说凄苦向神州。
偶忆曾似魂牵处，
残梦情迷沧浪游。"

下面几许衷肠的倾诉，
一直延伸到这一页的背面。

"这里真是无与伦比的美好，
这肯定是什么仙境良园。
从来都没想过能这样生活，
最幸福的是时常能把妈妈见。

但是现在的妈妈是位古代仙女，
周围的姐妹阿姨都是这副打扮。
一交谈才知道她们尽是故事里的人，
弄不懂我怎么会和她们打成了一片。

妈妈好像在这里工作很忙，
也不是老能和她沉迷于依恋。
但这样久了觉得缺了些什么，
想半天才明白我渴望继续把书念。

253

好像这里叔叔伯伯都没有，

另外怎么一个男生都看不见？

各种各样的姐妹阿姨奶奶林林总总，

怀疑是到了神话中的女儿国里边。

静下来时就爱想起过去，

挥之不去的老是北京哥哥的脸。

现在不知哥你怎样了？

原谅我那样把情意拉断。

你不会知道我碰到了多么可怕的事，

而且还离你那样远。

更遭遇了无法启齿的悲伤，

已经不可能再回到你身边。

但不管是在土石崩塌的恐惧中，

还是在枪林弹雨的烽火前线。

我死前最想念的都是你，

咱们都听说过神话讲的来世见。

我现在愿意相信那些神话，

祈祷真会有来世再把梦圆。

昨天妈妈说我已经在神话里了，

但要是想和你相见会很艰难。

北新桥的传说

不过妈妈答应帮我争取，

她又说真见了对你不一定美满。

于是我又想也许不见反而更好，

你会省去许多烦心再建立家园。

我愿在春花秋月里为你祈祷，

还会于夜雨朝霞中给你祝愿。"

这时有几个字像是湿了，

颜色由苍黑变做淡蓝。

眨眼时知道了是我的眼泪，

掉在了媛媛的笔迹上正在扩散。

激动让我没有办法平静，

使劲儿拧开了笔帽舔着钢笔尖。

跟着挥笔在她字迹空白处，

奋笔疾书合了她的《鹧鸪天》。

"孟浪孤旅恨悠悠。

匆匆冬夏复春秋。

韶华莫怪良缘误，

唯向兰台旷世愁。

殇昨夜，

寄金瓯。

今生辜负向冥州。

梦乡更有销魂处,

拼却此身伴君游。"

媛媛经历了我难以逆料的生活,

个中艰辛和磨难无疑更惊险。

啊!

她打过仗,

参加了战斗?

我无法把战火纷飞和媛媛画等号,

理智又告诉我没有什么不会出现。

当年我去兵团与她分手时,

她曾渴望去当解放军。

是不想给姑妈增加生活的负担,

也梦想过靠弹钢琴当文艺战士。

刚没了爹妈只为那几块津贴钱,

真的在血雨腥风中摸爬滚打了。

那娇柔的身体,

飘逸的秀发,

美丽的脸庞,

炮火和子弹……

哎!

太悲壮了,

一时觉得我还配是男儿吗，

突然就萌生了绝望感——

媛媛死了！

天！

听上去是凶多吉少，

可这动摇不了我的信念。

我绝不能放弃一向的执着，

眼下回报我的正是这顽强的执念。

为此我坚信心诚则灵，

并确认好人有好报的经典。

撂下钢笔又急翻这本子，

断续地都是一些个女孩儿的杂记偶感。

却发现记述对往事逐渐淡漠，

笔记结束在几阙《十六字令》的下边。

"别，飒飒秋声雨丝斜。惆怅里，相思哪堪缺。

别，往事嗟呀凭书写。说迷惘，别绪暂伤歇。

别，莫将此生评优劣。光阴去，冷月照高街。"

隔了几页，

笔记又出现时那字迹像是失了魂魄，

灵动飘逸的神韵十分暗淡。
走出的笔画好像处处显露出呆板，
让我的心情倍添伤感。

"妈妈经常要出远门儿。
那天跟警幻姐姐聊天，
她们谈论安排我见个什么人，
又说此事不急可以慢慢打点，
还说磨炼我心性最重要，
需要记住什么宇宙的昨天和前天。

朦胧记得我是一直想见个谁来的，
只是这个人的印象越来越浅。
是大人还是小孩儿呢，
或者到底是女还是男？

不写了，
我还有一大堆新功课，
是关于宇宙星辰的方方面面。
也不知道将来我要去做什么，
伙伴们正在把我召唤。
是去北宋都城汴梁逛中秋灯会，
然后过几天去南宋的临安。"

想起这女生令我揪心的日日夜夜，

孤寂落寞中我和了这《十六字令》三段。

"别，寂寞东窗树影斜。残烟里，回首有遗缺。

别，闲暇欲把平生写。忽怅惘，思绪又停歇。

别，历数年华说优劣。从兹去，星汉照长街。"

然后又踏回到卧房厅堂这里，
此刻依然心潮澎湃激切难安。
冥思痴恋的朝思暮想成了真，
连天沧海里绝世名花靠了岸。

下意识地又拽出来几轴素锦，
再提起那枝狼毫把浓墨蘸满。
十多年那些仓皇的风雨兼程，
心灵中许多绝望的雷鸣电闪。

一朝实现精神激赏缺乏准备，
悲喜惊愁令人几乎抓狂痴癫。
不经意时腕下已然笔走龙蛇，
灵魂于屋宇中正在腾挪翻转。

"平生哪曾他想，
只为能得阿媛。

也向韶华忆流年，

曾听啼血杜鹃。

几度临窗月色，

诗酒怎敌春寒。

揽住婵娟谢苍天，

天降琼辉一片。”

陡忽间这首《西江月》跃然纸上，

不过瘾那笔锋继续向前。

"铁鞋踏破天涯，

仙境终遇婵娟。

而今携手路漫漫，

重温往事前缘。

昔日无猜两小，

终成无间旅伴。

相濡以沫并蒂莲，

唯能谢地感天。”

俄顷，

再度翻腕，

调寄《清平乐》。

"细水空流，

抬头月如钩。

云雨方酬爱悠悠，

怅然独步西楼。

纵欲江洋风雨，

激越狂鲸孤鱼。

起看烟波浩渺，

惊鸿飞越天际。"

良久，

渐渐地从激动里折返，

慢慢踱回绣床前。

仔细观察心仪的宝贝，

才发觉媛媛与这些不特别和弦。

她的发式非清不明，

扎一扎就是个马尾辫，

要是卷一卷又像意大利古典画派里的女仙。

那体态姿势酷似波提切利的作品，

又有点儿像达·芬奇、拉斐尔的风范。

噢，

对了，

还有安格尔那幅著名的《泉》。

261

不过又都不全像，

因为媛媛更鲜活娟丽。

那份儿贞静娴雅总堪诗的韵味，

那气质风度亚赛曹霑笔下的名媛。

此刻庭园空静兰桂飘香，

也不知现在是暮春仲夏还是初秋天。

说凉吧，

不觉冷；

说热又不出汗。

猜想那院落的厢房中是否该有更漏计算时间，

又觉得影壁外会有日晷在假山前。

真的是一朝来仙境，

悠悠闲梦远。

一时竟没有了时间的概念，

想来想去想不明白。

管他呢，

最重要的是我和媛媛。

想着想着就觉得有些饿了，

回转身来又出里间。

媛媛起身从碧纱橱里端来吃的，

都是珍馐佳酿好解馋。

吃完一抹嘴就踱向外边，

并拽着媛媛走进庭院。

转过照壁出了垂花门，

踏入一处大花园。

玉枝参差影疏落，

天光渐暗已向晚。

沿着小路曲径通幽，

不远处似有流水潺潺。

过一处画桥见粉墙，

翠竹秀叶徐风中像是在细语呢喃。

绿色月门半掩虚开，

远处隐约见巍峨宫殿。

不知哪里飘来丝竹声，

那韵律凄清又哀婉。

这时媛媛的素手搭住我肩头，

歪着头想拉我往回转。

"哥，

咱们回吧。

那边不是我住的地儿，

你不害怕走太远？"

"哪里？

媛媛，

我的感受忒奇特，

只想在这里多看看。

而且我这会儿有恶作剧的心，

真想和鬼灵精怪见见面。"

"不是，

哥，

这里没有鬼灵精怪，

只有姐姐妹妹数不完。

这里宫闱殿阁都属天庭紫霞宫，

警幻姐姐是这儿的主管。

大家温良恭俭让，

以后都有机会去见面。"

说话间我俩已跨过月门，

柳暗花明又一处庭园。

我不想不听媛媛的话，

就扶着她坐上一处秋千。

那秋千坐落在巨大的银杏树下，

灌木里浓郁的夜来香味飘到跟前。

抬头天穹已是星满月高，

让人联想那无数的传说直贯银汉。

大概是这里一直都没什么人吧，
竟然胆大妄为都到了肆无忌惮。
静下来仔细欣赏这宽阔的庭院，
这情境让人想起貂蝉拜月的所在，
还有崔莺莺当年那忐忑的流连。

望着远处华殿琼楼前宽阔的汉白玉石阶，
不禁想起了语文课本上杜牧的名篇。

"银烛秋光冷画屏，
轻罗小扇扑流萤。
天阶夜色凉如水，
坐看牵牛织女星。"

低头看媛媛依偎着我，
乖巧柔顺地垂着眼睑。
夜色下的她让人不忍，
慢慢扶起她走回到月门前。

三回五转仿佛是迷了路，
发现置身于一处曲折长廊别院。
一侧是旖旎的荷塘泛着波光，
一侧是通灵透秀的奇石假山。

心中有些焦急脚步加快，
迎头撞见一面粉壁上的诗篇。

"纤云弄巧，
飞星传恨，
银汉迢迢暗度。
金风玉露一相逢，
便胜却人间无数。

柔情似水，
佳期如梦，
忍顾鹊桥归路。
两情若是长久时，
又岂在朝朝暮暮。"

于是仔细想这是谁的手笔？
媛媛说：
"它的作者是宋朝的秦观。
这里是警幻姐姐的住处，
我去看看她在不在。"

"我在，
你们怎么弄到这么晚？
不如就在这里歇吧。"

266

说完一甩拂尘那锦阁厅堂的门就开了，

然后她颇具深意地盯视着我。

"记住媛媛吧，

春宵一刻值千金，

将来的事情有些难。"

言毕一转身，

这仙姑已不见。

我思量着她这两句话，

扶着媛媛踏进门槛。

于是又是醉影红烛，

又是绣床幽香，

又是珍馐佳酿，

又是佳丽春晚。

此处比媛媛那儿更几许奢华，

让我感到更汹涌的欲望，

更缠绵的情暖。

再看媛媛眼神似现迷蒙，

腰身已变娇软。

我抄起腿窝抱住她，

一头栽进云锦的帐幔。

不知又捱过几许时光，

267

难去管那晨钟暮鼓。

漏尽更残，

温馨觉夜短。

意识里的秦时明月汉时关，

夹杂着京华的旧事，

边陲的思念。

几度梦醒或是日透窗纱，

或已月挂珠帘，

翻身瞪着看不够的媛媛。

又是那一脸的无辜，

心中有些烦乱。

"媛媛，

知道咱们在干嘛吗？

这都是孩提时就许下的愿。

这次我们一定一起回去，

你爸的问题早已平反。

我们还能要回你家的房子，

然后仔细把未来盘算。

我们会有孩子，

不会再让他经历苦难，

生活中一切都听你的，

幸福终于来到身边。

别对我说你都忘了，
还记得街坊邻居的阿姨大妈们吗？
还有沈老师和琳琳她们那些伙伴。

我爸我妈和我弟我妹，
这些人都在你的噩运里惦念着你，
却没有成为你苦海中的风帆。
大家都没忘记那个乖巧好看的女孩儿，
他们都盼望着你的出现。

啊！
你长大了，
女大十八变，
你长成了仙女。

噢不，
你还是媛媛，
好看的媛媛。

快告诉我写了云南最后一封信以后的事，
怎样度过的这些年？
我怀疑你别是被什么人强暴了，
不敢信是泥石流把你埋进黄泉。

269

因为这你要断绝咱俩的关系？

我料定你当然不会是情愿。

为什么不问问我同不同意，

难道为这事我就会把你丢在一边？

你不早就是我的人了吗？

我从不怀疑这一点。

噢，

是了，

女孩家怎好启齿这类事呢？

眼泪只往肚里咽。

那个混蛋！

干吗后来又不负起责任呢？

真不像上海哥们儿男子汉。

我们兵团那帮上海鸟儿 ①，

为人有点儿算计透着不大气，

弄的好多上海妞儿都寻了北京哈尔滨青年。

我却看那些申城男孩儿有两下子，

一说上海人就是中国的犹太人，

① 上海人戏称上海鸟儿，由上海话"人"字发音而来。

270

欣赏他们肚里的玩意儿有道盘。

他们大都是工人的儿子，
却好歹把衬衫掖进裤子里。
那举止就像咱北京知识分子和干部子弟，
也不像有的北京人总爱冒充他爸是高干。

上海人的心灵手巧，
就像他们的老爸都是技师什么似的。
裁个衣服修个表，
弄个收音机，
设计个家具画个图，
说道着中式西式什么现代什么古典，
还真有点儿专业的公干。

一位下放改造的教授大叔分析道：
那大都会曾是近代开放的最前沿，
这些孩子爷爷辈儿就是产业工人作坊技师了，
几代人的都市工业文明造就了如此这般。

我注意到他们一个个对媳妇儿挺言听计从，
那等呵护都一百三。
可她表哥这厮多半儿不是上海种儿，
谁知道他托生前是个什么蛋？

当然这厮即使娶了你，

我亦不能坐视坦然。

这种事年轻人会拿命赌，

任什么东西也不可交换。

那时年轻都气盛，

真没准儿干点儿什么做一番。

性情中人多不测，

做了再想怎么办。

他欺负了妹妹又没管，

做白日梦还好高骛远。

他暴殄天物天收了他，

也算遭了报应不找钱。

可从此阿妹又没了着落，

天涯孤女，

泣血孤雁。

冥想中忽然又扪心自问：

你自己又是个什么东西？

怎么就没胆量去云南，

就去了又能怎么样，

竟没去与心上人共赴国难。

想到此顿时没了愤恨的勇气，

懊恼的泪水迷住了眼。

再说这不都是你猜的吗，
媛媛的经历你并未洞见。
一星半点儿的笔记些许端倪，
你没资格在这儿抱怨。

"你一定想起什么了，
好妹妹，
对哥讲吧，
现在很安全。"

"你是哪个哥哥，
北京的还是南京的？
噢不，
你一定是……"

"北京的，
北京的，
当然是北京的。"
我拦腰把她话语打断，
"终于找到你了，
我的媛媛！"

"哥呀！

快抱紧我，

我怕！

怎么找到我的？

为什么现在才出现？"

此刻她已泪如雨下，

别过头去躲开了我的嘴唇，

表情是难以言状的悲凄可怜。

十只玉笋掐紧我，

宛如嵌入了我的心肝，

我欣喜振奋恁般激动。

终于撞开了她记忆的闸门，

得趁热再把那思维的禁锢打穿。

"再想想，

我的好媛媛。

你的妈妈，

我的阿姨，

我们的学校，

你是班长，

都和谁谁是一个班？"

"是呀，

我是怎么长大的呢？

过去应该发生过许多事，

有时会在我脑际忽闪。

快把你知道的讲给我听，

帮我想起那些忘却的流年。"

此时她的肉体无限温存，

我感到拥在怀中的已不是女仙，

真是媛媛，

是真媛媛！

我拉起她手臂贴上我的额头，

"我的伤疤，

记得吗？

咱俩的一切都是从那次摔破头开始的，

也不知是哪世何时修来的姻缘。"

再看媛媛眼神似有了变化，

此刻更像是凡人在思考转念。

可是忽然，

口中感到极其焦渴，

于是下床端过那套精致的茶盏。

喝下几口沁人心脾的温暖香茗，

又给媛媛倒了一碗。

这茶怎么那么好喝，

忽然觉得无限睡意罩在眼前。

赶紧趁着意识还清醒又再搂住她的腰身，

恍惚中觉得是哪儿有点儿不对却已睁不开眼。

第八章　长恨歌（1408）

淋漓酣畅后的疲惫中又沉沉睡去。

我俩一起遨游在浩渺的云天，

仿佛我俩躺坐的是一张柔软的飞毯。

低头看这毯子不是警幻绣床前的那张吗？

于是仔细回想在哪儿见过这场面。

想起来了，

很久以前看过一部英国电影，

好像名字叫做什么《新天方夜谭》。

媛媛这会儿又成了一位公主，

一袭薄纱遮住下半个脸。

而我却不是哈桑王子，

倒像个王朝的书记官。

一袭长袍极贵重，

缠头上一块巨大的红宝石晶莹闪闪。

手中握管鹅毛笔，

腋下还有个大本子。

装帧豪华，

金光灿烂。

再看媛媛，

一身的珠光宝气，

包裹着她那清纯的美艳。

睫毛一眨一眨的动人心魄，

哎，

媛媛呀，

你真是浓妆淡抹都经看。

扔下笔本把她搂在怀里拨弄她的眼皮，

想看看她眼珠儿此刻是黑还是蓝。

又一想，

异国女孩儿的眼珠儿好像是灰褐色的吧？

啊！

这眼珠儿竟是墨绿色的。

这会儿看，

透着无限的神秘和伤感。

里面一定蕴含着惊世骇俗的故事。

忘了听哪个高人说过，

生着绿瞳的活人非怪即仙。

278

这让我不由得直胆寒。

媛媛呀，

你是人就该是我媳妇儿，

要是神可别计较我的冒犯！

惊愕中想：

这应该是哈里发托我照看的女儿，

或是慈爱的皇后另有打算……

想来想去不得要领。

管他呢，

最重要的是我和媛媛。

又一想不对，

我俩好像都该是唐朝子民，

来自大唐东土的某个时间。

怎么会是这副打扮，

这般模样所为何来，

难道是去所罗门的圣城赴宴？

这时我们飘到了一处所在，

下面是一座繁华的大都市。

细看是处异国风范，

那屋顶上有十字架的建筑，

湛蓝葱绿的铁瓦格外好看。

还有更高大的教堂是金色穹顶，

夕阳下熠熠的光辉十分耀眼。

见过油画里的那些红色别墅楼房，

窗门拱顶石上的雕刻精致斑斓。

广场街头许多裸体人像的巨大石雕，

花园灯柱旁有别致优美的水池喷泉。

街巷里跑过华丽的马车，

里面的先生优雅超然。

卷曲的棕色长发墨黑的燕尾服，

精致的手杖风度翩翩。

还有白纱长裙袒胸露背的淑女们，

有的褐发灰睛，

有的金发碧眼，

手拿着小阳伞或丝绸小扇，

一个个仪态嫣然。

那悠游闲适的样子让人瞩目，

那高贵典雅的格调令人艳羡。

还有衣饰鲜红雪白的兵士军官，

金碧的装饰威武光鲜。

胯下骑着矫健坐骑，

个个都佩戴着禁卫的刀剑。

路旁是巨大的浓郁树盖，

悉心修饰的灌木参差其间。

精美叠圆铁饰扶手的厚重长椅，

栏外幽静的河水波光点点。

晚霞里一座宏伟精致的剧院里，

正在举办盛大的音乐会，

那里传出悦耳的钢琴声。

那些或激荡或舒缓的旋律，

一会儿雄壮，

一会儿柔和，

一会儿欢乐，

一会儿悲惋。

媛媛凝神侧耳地关注着下面的世界，

搂着我的手臂微微发颤。

她呢喃着一些名字，

有莫扎特、格林卡和柴可夫斯基我能于心了然。

她紧贴着我的身体，

能让我感受到她的情绪和血肉。

追随着那些动人的旋律，

这肉体的快感陪伴着灵魂的颤抖。

这时飞毯说话就要飘出这座大都市，

迎面扑来的夜空正天高云淡。

此刻媛媛迷蒙的眼神像是失去了焦距，

晶莹的泪光充盈了双眼。

我呆呆地瞪着她，

既惊讶又愕然。

抬头时已是月冷星稀了，

下面似乎是辽阔的荒原。

蜿蜒的小路曲折迷离，

一直延伸至无边的遥远。

周围是巨大的森林、

沼泽和起伏的山峦，

那景色有种说不尽的凄楚孤寂，

像灵魂被投入恐怖的深渊。

媛媛闭目扎进我怀里，

娇柔的肉体不住地震颤。

我紧紧抱住我这宝贝，

并不感到寒冷，

而只是觉得新鲜。

冥想猜测着上天的旨意，

辗转琢磨着这些情景的根源。

我晓得我肯定是百思不得其解，

难不成这些都与媛媛的身世有关？

我想起她肚脐上那个标记，

那里面都蕴含了什么秘密？

知道的大概只有老天。

唉！

我的媛媛，

你优雅凄婉美丽恬淡，

高贵温柔乖巧好看。

和你好就经历了那么多的悲切和思念，

以及牵挂和不安。

你到底是谁呀？

我的媛媛！

飞毯无端地遨游天际，

自由自在的感觉十分美满。

媛媛拽过来一个锦囊，

里面都是好吃的糕点。

于是我俩又在这天上连吃带睡，

把一切都忘记在云外九天。

忽然又一回骄阳下醒来，

搂住媛媛战战兢兢瞄向下界。

好高呀！

那下面有我去过的冰封的北国，

那儿可能就是大兴安岭吧，

在那儿伐木时想你想到不爱吃饭。

看那儿，

是咱俩记忆中你家一隅的迷蒙小巷，

儿时的友谊真挚简单。

还有那儿，

是我俩曾去过的午后天坛。

林中松涛荡漾，

四周空静缠绵。

趁没人时依偎在一起，

还脸红心跳手儿颤，

啊！

那一定是你去过的边陲云南。

那儿是不是你消失的茶马古道？

在西双版纳的密林间。

还有那儿，

可是西南边境的十万大山？

山深林密充满不测的地点，

你和那里有什么关系吗？

为什么那里这么清晰，

定有原因和蹊跷。

似有霹雳般声响跟火光闪闪，

难道那里发生了战斗，

告诉我又是什么经历和凶险？

你要知道，

你没了，

我无法面对命运的孤单。

面对着苍穹的高远，

仿佛什么地方在奏响着雄浑的乐章。

那感觉似远处的天雷，

能让人灵魂激荡。

这旋律有些熟悉，

对媛媛说：

"那是贝多芬的《命运》在飘扬？"

媛媛此时抱着我的肩背，

平静地说道：

"不是，

哥，

那是肖斯塔科维奇的《第七交响》。"

天黑了，

星空孕育着好梦的温情。

我的白羊座和她的处女座从左右飘过，

那位牵着一只硕大绵羊的英俊小哥，

还有那位跟媛媛差不多的异国淑女，

微笑着冲我们把头点。

天亮了，

霞光燃烧着希望的火焰，

太阳在不远不近处慢慢游走着，

他老人家送来慈祥的笑脸。

我在想：

您老怎么一点儿都不刺眼？

偶尔有一些鸟兽飞过，

我认得凤凰和金雕，

并突然出现了许多动物。

啊，

更远处还有一朵祥云裹挟着一团灿烂，

是一条银龙在那里盘旋。

踩在云朵里同他嬉戏的是一只洁白的羔羊。

那羔羊的样子极其可爱可怜，

恍惚中我似乎悟出了点儿什么。

我属龙，

她属羊，

难道这里真有着什么天机的暗示和指点。

这时媛媛忽然歪头瞧着下界。
"哎，
哥你瞧，
那里是个什么水库呢？"
我眯眼细看，
念道：
"那里是叫作龙羊峡水电站。"

回头瞪着媛媛，
她忽然搂着我脖子闭上了眼。
愣怔间，
仿佛想起了什么早已远去的画面。

噢，
对了，
就是那次天坛公园的松涛间。
小师妹呀，
你当时也是这副样子，
当时真应该把你霸占。

啊！
我的羔羊，
我就想一口吞你到肚里边。

这时有更多各色神兽从两旁飘过，

好像就有二十八星宿，

它们分属于四类灵天。

"是叫什么来的？"

我问媛媛。

"是青龙、白虎、朱雀、玄武。"

媛媛答。

"对了，

我的小媛媛！"

更多的我也叫不上名字了，

那样子说不上是在什么神话和科幻里出现。

风，

这样舒缓；

云，

如此缠绵。

一路望去，

看不完的云水高山和无边海天，

那景色悲壮神秘和浩瀚。

明朗时，

就像荷马史诗《奥德赛》里的样子；

昏暗时，

又像英国作家托尔金小说里的情景，

好像叫作什么《魔戒》。

我把媛媛更加抱紧，

这毯子托着我俩，

这会儿大概已飘过了波斯湾。

不知什么时候一个不慎的翻身，

竟搂着媛媛滚下了飞毯。

恐惧中拼命抓挠拽住了几根飘扬的绳穗，

它突然膨胀了许多倍——

这毯子又成了降落伞。

媛媛从我怀中也伸出一只玉手，

一同抓牢这救命的伞。

她的表情老是那样平静，

这心如止水真让我心寒。

降落伞吊着我俩飘然落地，

是一座河边上的大理石宫殿。

浪花轻吻着延伸进河水的石阶，

四周是繁茂的灌木花坛。

高大的山毛榉和梧桐参差，

玫瑰和郁金香点缀其间。

更多的也就叫不上名字来了，

我和媛媛搀扶着步态轻缓。

不觉中夜幕早已降临，
满月的银辉洒满周边。
穿过石廊走进一大厅，
雕花的装饰华丽翻卷。

石墙上许多巨幅壁画，
骑士的英武和仙女的美艳。
媛媛轻轻拉开一壁橱，
拿出几件衣饰摊开在脚边。

她挑好了一件衣裙，
套在了身上又帮我打点。
抻拽了一气按下一些索扣，
又找出双皮靴帮我穿。

我使劲儿攥着她脚给套上软鞋，
她皱着眉头让我穿完，
然后把秀发扎好挽了挽。

恍然间达·芬奇笔下的圣母活了！
我冲过去紧紧抓住她腰肩，
疼得她皱眉抿嘴儿扶着我的手臂，
苦笑着一副哀求的俊脸。

穿上那衣服胆子就大了，
她又给我腰间挂了把佩剑。
根据常识我还缺一匹骏马，
没有也罢真骑上我会肝儿颤。

这诺大的宫殿里咋不见有人，
突然媛媛伸手向远处指点。
这殿宇另一侧走廊的尽头，
像有蜡烛的光影似隐似现。

于是我俩放轻脚步走过去，
又绕过一座大厅中央喷泉，
待靠近这华廊尽头宫室时，
有异香的味道从那里弥漫。
忽然感到媛媛抓紧了我手，
昏暗中的她表情奇异迷幻。

此刻屋中传出男女的话语声，
温柔的夜风撩起巨大的丝绸纬幔。
媛媛和我幽灵般轻盈小心走过去，
借这丝幔飘起时的掩护闪进里边。
我俩躲在一个镶金的大橡木柜阴影里，
厚重的紫色天鹅绒帷幕把我俩挡严。

一个中年女子的声音传了过来，

291

"公主一定要带她去到东方那边，

把她嫁去威尼斯的事就会中断，

我不认为公主的决定那么简单。

她定是因为想带你走，

她一向对你有极大好感。

她不嫌这表妹是个累赘，

表妹就要跟着她去天边。"

"这个事情十分清楚。"

一个好听的男声搭了言。

"公主从小就知道这个，

妹妹不去我不会动弹。

但是教母您不必着急，

有我在妹妹不会有任何危险。

公主带着咱们一起，

从老家来这里已快十年。

要是侯爵他舍不得妹妹，

他可以与我们一起动迁。"

"傻孩子，

他怎么会跟你们去到遥远的伏尔加河？

他也无法带走那些宫殿和财产。

你知道你教父为人懦弱且去世得早，

292

多亏公主父亲经常照看。

咱们过去一直都在伯爵庇佑下生活，

如今没道理不服从公主的意愿。

自从咱们来到这里，

总得看人脸色势孤力单。

能有富裕安稳的生活，

也多亏公主的机巧果断。

她是一个想要干大事的人，

有帕列奥列格家族血统的强悍。

我们母女虽然有贵族的名义，

可把女儿嫁给你我心甘情愿。

连国王都不信你的奴隶身份，

人活着最大的幸福就是平安。

我曾好多次与公主商量这事，

但她坚决不同意让我这样干。

另外国王和教皇不准我随行，

大概我是人质得终老于修道院。

我会在主那里为你们祈祷，

祝愿你们几个宝贝安全。

你几次被皇帝派去征讨，

显然是将军们看不惯咱们吃闲饭。

你刚满十几岁封个大将军就出征，

我们都哭着猜一定再见不到你面。

你披挂上马时官兵们偷着笑，

你利落地拔剑大家才刮目相看。

上帝保佑你毫发都未损，

宫廷里议论那些战斗极为凶残。

将士风传战事濒临绝境，

有神秘野兽夜入敌营咬死主将军官，

遂使败局迅速扭转。

又有人说那野兽就是你，

有士兵夜见凶猛黑虎出没你营帐前。

后来私下听一个厨娘偷着告诉我，

国王和贵族们怀疑我们把他们骗。

这小厮别是王子王侄啥的，

冒充是个奴隶在这里障眼。

别以为这招儿朕看不出来，

留着他长大了以后也危险。

干脆找机会让他死在沙场，

也就省去将来的许多麻烦。

可是从那次你们凯旋班师，
国王贵族们就都十分忌惮。
对咱们几个也尊重了许多，
也没有再征召你去到前线。"

忽然他们的话我就听不懂了，
用的是一种另类语言。
我正丈二和尚摸不着头脑，
才发现媛媛松开我用手抹着泪眼。

我赶紧抱住她双肩并抓住她手臂，
于是我能听懂的话再次出现。
不明白媛媛为何因这异国故事动情，
当然她总是富于同情心且多愁善感。

只是有一点十分的诡异，
就是这啥黑虎黑豹的桥段。
媛媛身边也有这么只野兽，
前几天还与我那前世对峙了一番。

静了会儿又听那妈妈说道：
"现在你们就快要离我远去，
甚至不知道今生还能否再见。
孩子，
对教母说实话，

295

有时我见你吃肉的样子，

真的就像虎豹一般。"

"妈妈，

我是一个人呀！

要是您非想知道，

这种事确实在我梦里出现。

梦见我为了妹妹和自己的安危，

变作过虎豹凶猫好多遍。

我是不是上帝派来保护妹妹的？

要是公主对妹妹不利的话，

我恐怕也会对公主亮剑。

不知为什么我老是有种直觉，

似乎我会祖祖辈辈守护在妹妹身边。

我自己都不知道是为什么，

这是不是上帝安排的姻缘。"

"没准儿真是的。

孩子，

记得我小时候也老是有只黑猫陪伴。

有一回我在庄园外市场上贪玩跑丢了，

罢市时有坏人要带走我。

我不从他们带的狼狗咬住我衣衫，

另外两只逼住我推挤拉扯。

吓得我不顾一切地哭喊，

这时那只黑猫就突然出现。

这会儿它成了一只豹子凶得吓人，

把那几只恶狗咬残。

歹人的头目抽刀就劈，

它差点就把那人臂膀咬断。

它凶恶的样子吓跑了歹人们，

并保护带领着我回家转。

我孤单时它时常来陪我玩儿，

人多时偶尔我也能在远处把它发现。

后来在我和公爵的婚宴上最后见到它，

打那以后它就再没见。

生活中常常想起它，

到你妹妹出生时就有只小猫来转圈。

"喵喵喵"地在产房外叫个不停，

仆人婢女都见那小猫通体漆黑一片。

后来夫君就在奴隶市场买回了你，

你这孩子就成了公主和妹妹的伴。

教母今后也没什么特别的指望了，

愿你今后一直保着两个公主平安。

另外还有一件重要的事，
离开这以后俩公主可以亮出族徽了，
那是你们身份的不二证见。
你们是君士坦丁大帝的真正后人，
我的族徽送给你我的儿子，
今后把它戴在胸前。

公主即将成为皇后，
用不着再去把谁忌惮。
女儿把我那徽章取来，
就在那橡木柜上面的抽屉里边。"

于是有轻柔的脚步声走近，
这位公主一直都未开言。
我把绒帘分开一道缝儿，
好奇地想见见这公主的容颜。

公主的面容在烛光侧影下显现，
一下子惊得我差点儿就发声喊。
媛媛赶紧伸手捂住了我的嘴，
抽屉前站着又一个媛媛。

细看这个媛媛是褐发蓝睛，
略微有些个高鼻深眼。
烛光里的颜色不是特别精准，

要命的是肚脐下也有块红斑。

她穿戴是一千零一夜里的公主，
除了紧绷的胸罩上身啥都没穿。
多半这里是啥内宫女眷的卧房，
这异国媛媛一袭睡装肆无忌惮。

象牙色的肌肤一片滑润光洁，
臂腕指间的首饰都紫钻金闪。
看举止与我的媛媛一般无二，
什么分身术又磕出了个媛媛？

华丽的绸裙开得很低，
肚脐下的胎记格外明显。
裙摆花边露出了软皮凉鞋，
跟媛媛的小天足异曲同源。

再抬眼望过去十米开外处，
惊愕不亚于这第二个媛媛。
那绝对是当年媛媛她妈妈，
只是装束发瞳的颜色有变。

再看旁立的一名骑士，
威武英俊的立地光鲜。
肩腰肢干真给人捷豹的直觉，

一袭墨绿披风半裹着青春矫健。

这帅气青年皮肤黝黑，
表情开朗面容忠厚娇憨。
与这位碧瞳媛媛可谓十分般配，
可听那话儿颇不像能幸福美满。

焉知那宫廷权变九死一生，
还有利害权衡的机谋阴险。
故事里金童玉女死于非命，
观家族兴衰毁弃金玉良缘。

那媛媛拿出一只金色窄盒，
看上去是有些分量沉甸甸。
她转身捧着这盒子走回去，
步履轻盈去到她妈妈身前。

但见那妈妈轻轻掰开锁扣，
捧出了三枚徽章系着金缎。
虽说不近我也模糊看准了，
跟媛媛的刺青是无二一般。

多年来，
我念念不忘这双头鸟图案，
知道它曾是拜占庭的国徽，

还曾是欧洲显赫家族标签。

最终它被沙皇俄国给采用，
反正这标记又辉煌又苦难。
至于说它跟媛媛是啥关系，
一定有关系在迷途中辗转。

媛媛自己尚在混沌迷茫里，
谈何容易去穿透亘古烽烟。
她爸爸妈妈突然死于非命，
家世的线索已经从此中断。

她只是我朝思暮想的爱人，
没心思追索她出处的渊源。
如今看似无意误打误撞了，
姑娘的身世简直黑洞一般。

思虑间媛媛轻轻拉我闪出，
但见她一脸哀容清泪满眼。
身后传来了那位母亲的话，
忧伤的语调透着殷勤挂牵。

"公主又被国王和教皇召去，
明天回来时你们就得打点。
许多事情都须要抓紧来做，

彼国的使臣估计也快到站。"

站在西斜朗月的如水清辉下，
在这遥远异国的皇宫禁苑。
拉着个哀伤绝美的天籁女神，
一时不知道如何打点和排遣。

突然觉得出来遨游得够远够久了，
还是应该回到我们自己的伊甸园。
那些红墙碧瓦和小桥流水更亲切，
这念头一动那飞毯就飘来了脚边。

我有些疲惫地拉着媛媛向上踩踏，
被毯边绊住一个趔趄滚在了上面。
拽着她胳膊的那只手就松了开来，
翻过身回头时一猛怔呆愣在当前。

我那女神刚才一下没被我拉结实，
这会儿一只裸臂正在向空中舒展。
另一只手臂本能地垂落抓向腰际，
因为那裙子突然滑下丰润的双肩。

柔韧的脖颈极其自然地似转非转，
那面容正若悲若喜在无意间顾盼。
瞬间那尊举世闻名的雕像复活了，

302

米洛斯的阿芙洛狄忒长出了臂腕。

赤裸的腰身在月色里披挂着圣洁，

永恒的形象面对文明诠释着浪漫。

忽然想起一件事让我极为颓然，

我那只尼康照相机并没带在身边。

面对如此唯美的经典，

无法记录下来是多么遗憾！

说话间那毯子就要飘升了，

我蹿起来把媛媛抱回到身边。

飞起处看一条大河走向沧海，

逐渐飘向那茫茫海天。

忽然我被一种平静淡定的情绪包围，

搂抱着媛媛抬眼月。

此刻正是《春江花月夜》。

但见，

"春江潮水连海平，

海上明月共潮生。

滟滟随波千万里，

何处春江无月明。"

回程了，

该想想以后和未来的打算。

回去要同神仙姐姐认真提了,

那就是带媛媛离开这啥恨天。

以后的日子当然不能整天是玩,

去到人间还有众多的事要抓紧办。

俗套的婚礼还得举行,

战友同学的都得来看。

我这厮竟然有本事把个仙女抓回来,

人生奇迹还真就不是瞎传。

敬酒时得告诉他们看仔细了,

真美就是夫人这等洋洋大观。

拍婚纱照时不许施以脂粉,

俊逸华美讲究个天成浑然。

凭媛媛的聪慧才学和那等神韵,

弄一份儿工作应该手拿把攥。

不去高大上文艺团队担纲钢琴,

起码也弄个白领出没广厦摩天。

当然还得有个孩子,

一定是十足的天使不找钱。

当然经常带着孩子再来天庭,

让妈妈姐姐的看看我俩的幸福美满。

这样思忖着越想越惬意，

低头用甜笑和妻子的甜蜜交换。

"昨夜闲潭梦落花，

可怜春半不还家。

江水流春去欲尽，

江潭落月复西斜①。

斜②月沉沉藏海雾，

碣石潇湘无限路。

不知乘月几人归，

落月摇情满江树。"

再抬头时，

天边镶嵌了鱼肚白边。

感觉高度在慢慢降低，

飞毯飘落时正是朝霞满天。

警幻和那几个最早见过的仙姑，

一个个笑容可掬春风满面。

于是我想那个事是时候启齿了，

也就兴高采烈一脸欣然。

我搀扶着媛媛步下飞毯，

----

① 引自唐代诗人张若虚的《春江花月夜》。此处的斜，上海话念 xiá。

② 同上。

305

小心地在诸神面前鞠躬请安。
"感谢姐姐们的刻意安排，
莫大的幸福将永生感念。
现在有个事儿极其重要，
就是要请诸仙姑帮忙幸福到永远。"

我高兴得有点儿想手舞足蹈，
却见仙姑们一个个收了笑容严肃一脸。
那警幻一抖拂尘跨前一步，
郑重其事却语调弥坚。

"使君这几日尽享天伦，
许无暇考量蹊跷事端。
我曾将命机辛苦告之，
看来君权当了清风飘过耳边。
但须知神界都容不得儿戏，
哪里没有个规矩方圆。

君与这女孩三生均是定数，
该做且做该散得散。
诸般际遇有道是与生俱来，
说世事难料常因执着冥顽。

若是使君尚不及细细思量，
那此际便请君拿捏盘算。

可盘算归盘算却天道难违，

莫要最后弄得个寝食难安。"

此刻我比遭了雷击还目瞪口呆，

杀了我都容易过让感情这阵儿转弯。

那仙姑语态平和却斩钉截铁，

这分明就是要把我俩拆散。

慌乱令我攥紧了媛媛臂膀，

无奈令我把目光死命锁住了婵娟。

这会儿看到的是一张含羞浅笑的脸，

像并没意识到离别就在眼前。

我与警幻的对话她全然未当回事，

一定是仙子们用道盘罩住了她的思辨。

她道行哪里是姐姐们对手，

她又是否把我俩生离死别认作灾难？

"不是的姐姐，

事情哪能这样来了结。

断不能让事态这般发展，

这有悖人伦的情缘逻辑，

抽刀断水怎能算理所当然。

麻烦神仙对我这凡胎礼让一二，

307

我毕生为姐姐们焚香还愿。

今若把我与这婵娟撕扯开来，

无忌于将我打入雷圈。

仙姬本应为苦海普度舟楫，

没来由就此杀青结案。

难不成君等忍看血肉淋淋，

抑或是目睹灵魂阴惨惨。"

"瞧你们把激情演得太投入，

要没点儿定力差些儿动了凡念。

听着媛媛！

你跟他回凡界是自取其苦，

况且这事我说了不算。

现在你是两位的宝贝，

俩人都视你为自己的心肝。

你妈妈和这厮都不干休，

我亦不忍当你面让他五内伤残。

我亦从未干过这事，

受人之托又怎敢擅断。

我得完好无损把你交回妈妈，

望这位哥哥有自知为盼。

这遭际遇实是命运的一段插曲，

可别性乱情迷方能自安。

好聚好散应懂人神有别，

但愿你能知趣别再纠缠。”

仙姑转脸时已挂三分严厉，

若布满严霜的柳眉和杏眼。

忽而那警幻就再度挥动拂尘，

说时迟那时快一缕灵光劈入我臂肩。

钻心疼痛刺入我心肺，

由不得我不撒手媛媛。

倒是媛媛另一只手突然薅住我，

天真的明瞳里飘出骇然。

紧接着的眼神是不解和乞求，

我刹不住热泪夺眶滴溅。

怎么这女孩像听不见仙姑们说话，

分明近在咫尺倒像隔一层天。

一瞬间女孩眼神似是要突破什么，

藩篱眼看又要败落给深情的利剑。

我强忍撕裂般剧痛去伸手抱她，

必须用血肉去捍卫神圣情感。

忽而又一片金光灌顶而来，

309

女孩立刻被罩于其间。

憨痴的神态荡然不再，

一副安详的面色淡定超然。

这安详照射着我的绝望，

我被愤怒燃烧着要发声喊。

咬牙切齿却发不出声，

无意中看到了我的骑士装扮。

对了，

这衣服还是媛媛给我穿的呢，

为了心肝我陡然间拔剑。

剑锋所指忽感像有千钧重量，

若想手臂不断掉得赶紧放剑。

那剑刃落地溅出轻微的火花，

像烧灼着我的悲愤与仙姑的气焰。

知道不是对手忍不住想拼一回命，

终于在法力面前一筹莫展。

"无自知之明加上不自量力，

竟还想表演什么《三少爷的剑》。

还不知足，

天机已几乎被你洞穿。

实指望这些能让你醒悟些个，

未曾想尔携凡夫的妄念越跑越远。

大概本不该对你有过高期待，

尔何能看透命途机缘数千年。

不过好歹该做的也都做了，

于天于人倒也不剩啥遗憾。

但凡人寰情致难脱世故，

博得无限轮回沧桑变迁。

若使君仍苦思难得其解，

君难道不闻，

一粒沙尘中都有大千世界三千。"

垂颜沮丧把个情绪低落千寻，

心思苦闷不知如何放浪凄然。

情急中也想不出更好的主意，

忽而就转身跪在了警幻跟前。

"神仙姐姐一定救我，

带不走嫒嫒就是我苦命黄连。

没有她的日子我怎么熬过，

您一定要帮我实现夙愿。

我来也来了，

做都做了，

您忍心就此挥刀绝断！"

警幻抬头皱起蛾眉，

俊脸依然一派庄严。

"连日来我们没太反感你，

还了你情债也让我等为媛媛心安。

我一直担心你蹬鼻子上脸，

毕竟媛媛这尤物忒不一般。

眼下她占有这里的一个位置，

以后会长期和我们做伴。

你这俗物好不识相，

速离去别招我讨厌。

上界视情意如同无物，

你只需晓得她尘缘已了，

那个时空里再无你的媛媛。"

此时绝望摄住我身心，

任何事情已没啥不敢。

人性中有种不堪的东西叫耍赖，

忘了哪位哲人说：

"任是耍赖也好过欺骗。"

于是我扯过她的拂尘勒在自己的脖子上边。

警幻冷笑道：

"你竟然还来这一手儿，

造物猜得很周全。

看在媛媛的份儿上，

就让你知道去脉来端。

你听着，

"徐小媛她是造物收藏的一个标本，

你没见她长得哪儿哪儿都好看。

不胖不瘦，

不高不矮。

洁白鲜嫩，

一尘不染。

添一分就长，

减一分又短。

她是和谐的化身，

她是美丽的源泉，

她是灵性的天物，

她是绝妙的遗产。

她身上想找缺陷实在难，

更稀罕的不仅是她肉体的绝美，

还有灵魂境界的清纯自然，

她生于高贵又历经苦难。

并不是所有完美的女子都能这般，

能被造物收藏得有一张门票，

而这票得用眼泪置换，

不是所有好看女孩都流得起这份儿眼泪。

报废的婵娟成百上千，

比如哭瞎了眼毁了容颜。

自尽的当然就更可怜，

不堪承受煎熬羞辱，

却栽进了对生命本质的背叛。

还有淑女被噩运捉弄，

终于变得歹毒凶狠又阴险，

狰狞的心挂张鲜艳的脸。

又有的破罐子破摔，

成了荡妇去卖弄疯癫。

也有颠沛流离风流过后万念俱灰的，

找个权贵老翁或不肖后生，

始乱终善地了却残年。

当然也有春风得意富贵荣华的就不必讲了，

她们在轮回里与这"离恨"无缘。

这个媛媛一直坚守着一份儿端淑博爱和良善，

又几度与死神迎面擦肩。

她要是没成为魑魅的奴隶，

也早该沦为魍魉的大餐。

她让妖魔碰见切齿，

鬼怪撞上眼馋。

她竟没被撕扯和碎尸堪称奇迹，

这种事情太过偶然。

其时已没有拯救她的力量了，

这儿却缺一个标致小仙。

这标本还须得兼具人伦的体验，

说得是得有过男女那事儿并孕育过生命，

才算修到了十足圆满。"

"你说什么？"

我打断仙姑，

"媛媛生过孩子？

这太不着边。"

警幻鼻中哼了一声，

"请别打断我好吗？

我不会错，

错的是你。

要想知道原委，

就请听我说完。

315

你看要成就造物的标本有多苦，

并非常人都能接受这份儿考验。

当然这个差事没人情愿，

谁人会有这等意念。

一个个都辛苦经营地追名逐利，

哪个愿意拥抱悲惨。

悲惨磨砺出了灵肉的上品，

亿万里挑一，

是可遇不可求的物件。

造物一等许多年，

就这样撞上徐小媛。

她正在地狱的烈火中挣扎，

又于冤苦蹂躏里辗转。

娇艳风姿早成恶饵，

卓俏凄美平添苦难。

这等生灵上天要管，

这棵丽草众神可怜。

造物欣喜这块美玉，

携她来至这三十三层天。

此处自古名为"离恨"，

无恨自然也便无爱了，

她白日飞升做了神仙。

媛媛和一堆来自那个世界的生命是一组记录，

这些标本将被造物赋予超自然的能量跟宇宙同在。

到浩渺无垠的亘古永恒里，

去诠释某个时空里生命形态的特点。

那些形态来自一个叫作地球的所在，

是太阳系里一个很有意思的圆。

当然，

这都是宇宙教科书中的评点。

他们或许将来化为星座，

被镶嵌在皓皓苍穹里，

让芸芸众生去遐思指点。

得了，

快松开我的拂尘吧！

你弄不死自己的，

用不着假惺惺地吓唬我。

对你来说，

我法力无边。"

我站在那儿愣愣地思索着，

媛媛怎么会生过孩子呢?

该不是这仙姑为了断我念想就在那儿瞎编。

她不知道我根本不在乎那混蛋表哥对她的玷污，
其实用不着拿给人生过孩子来让我嫌弃媛媛。

我一边儿听她说天书，
一边儿浑身上下地翻，
想找个物件让她带给媛媛做个留念。
听那意思我想带走媛媛纯属痴心妄想，
上天的众神都不干。

孑然一身我什么都没找着。
抬头见警幻冷笑的脸。
"你不是给她写了几张纸吗？
她为人厚道，
会仔细收藏慢慢儿看。

你疯魔不堪干的好事，
给她的身心留了个挂念。
这番玷污有无结果，
得看造物的安排打算。"

一番话说得我面红耳赤，
尴尬寒酸地无处自圆。
她鼻中一哼甩了下拂尘，
"算了，
夹着命鼓着皮囊回下界去吧，

把你的倒霉故事上那儿去编。"

一艘小艇无声地靠在了汉白玉石阶前，
船家一副渔夫打扮。
前方是个幽静的港湾，
四周的山峡奇峻葱茏，
神韵仙姿气象万千。

我踏上孤舟挥手告别警幻，
其时涕泪已涌至腮边。
忽地这位仙姑眼中似飘过一丝同情，
想再细看一缕轻雾飘过眼前。
浮云散去码头上已空无一人，
身下的扁舟渐行渐远……

精致的亭台飘然远去，
祥瑞缭绕的楼阁渐逝于彩云间。
百感交集怅然若失，
曲指掐算在这仙界缠绵了几天。

我唉声叹气唏嘘不已，
岸边崖壁上看攀缘的古猿，
侧耳聆听子规啼鸣，
头上的晴空澄澈碧蓝。

一对鸳凤飘飘而过，

羽衣金碧神光灿烂。

峰崖上不知哪里又飘出优雅的笛声，

可是有书樵耕读在那林间？

此时逐渐身心宁静淡泊幽远，

好一处上古天真的桃花源。

船舷外碧水中嬉戏着一群硕大的锦鲤，

怎么它们还会眨眼？

那种眼神温柔俏皮，

哎，

挥之不去的还是媛媛！

《满庭芳·韶华梦断》

秋慧披霜，

寒凝碧藓，

寂寞曲径通幽。

笙歌唱罢，

酒后又添愁。

尽看轻风明月，

淡云飞、

情愫难酬。

芳华退，

伊人一别，

重逢误春秋。

320

流水，

说聚散，

哭笑皆俗，

一梦白头。

海阔又河宽，

遗恨悠悠。

遥望烟波浩渺，

向来处、

春光已走。

涛声切，

雨狂风骤，

韶华可回头。

……

"渔翁哥你要把我送去何方，

神仙姐姐可都交代了方便？

这方天壤与那凡界不可以道里计，

对人间来说这无异于天边。

但是该回去下界何方，

凭心论我自己个儿也忘得是二净一干。"

"噢，

兄弟这个就无须烦恼。

我司这职守竟也不可以年来算，

凡尘有说法山中方七日，

那人寰早就是星移斗转。

你老弟还真就是个有点儿意思的，
观你风骨亦曾是位列仙班，
后来怎生是不谨慎修持，
犯天条竟不是一件两件。

看你这厮竟是个命大的，
你命符写的是该扔黑洞里捆绑熬干。
竟然有贵人临刑前搭救于你，
这类事上一回恐也有万八千年。"

"渔翁哥能否再多些个赐教，
也好我去人间有个把伙伴。"

"噢，
似乎过去出事的是两位歌者，
泄露太多天机要把过去未来说穿。
宇宙大势不容忍这一类小聪明，
后来虽没死也是打入了人寰。

一个是远在西边啥方外所在，
那方众神给网开了一面；
一个是仓颉可怜他文章秀丽，
动笔就华彩飞扬张口就吟诵成篇。

不细致记得都去了哪里，

这儿有本儿书你拿去看看。

说着从怀中取出一卷册页，

我忙跨过去接过这线装古卷。

书不是太厚那纸张更薄，

浅茶色的页面亮丽斑斓。

那里面的文字古朴庄重，

个个像甲骨文间或还有龙腾凤卷。

细端详我几乎一个都不认识，

为不扫兴我又合上看封面。

这里一堆粗壮笔画我还是一头雾水，

急得我翻过来调过去反复研判。

然后我把那散乱撇捺勾点横折，

条分缕析地拆拼聚散。

等到像了四个字时我已筋疲力尽，

扑朔迷离中仿佛是念作"但丁"和"屈原"。

于是我又绞尽脑汁仔细搜肠刮肚，

这两个名字曾在哪里听看。

躬身向渔夫兄谦卑求告，

能否将这古籍送我留个想念。

这老兄点头儿微笑一副无所谓，

观这厮气度道行应该不亚于警幻。

既然这样就不妨讨教一二，

知之为知之盼能多给点儿指点。

"老兄看着像是个能知过去未来的，

唯盼帮兄弟做些个盘算。

看以后我须如何打点光阴，

为人处事须遵些哪方规范？"

"兄弟这你倒无须费力考量，

下界各方洲自有其道盘。

弟的故事源自东胜神洲一隅，

那方叫作北新桥的风水一干。

君得闲时将这故事编纂成一出话本儿，

也就不枉来这天庭世上一番。

看君也不像是啥更有出息的，

愚兄话语憨直还望包涵。

离岸时一脑门子的垂头丧气，

后来又望眼欲穿地心有不甘。

弄个什么哪辈子的公主郡主，

不说谁能知道啥叫因缘和姻缘。"

这下又轮到我面红耳赤了，

我和媛媛在他们看来就这般无算。

难道高大上都是这样子藐视儿女情长吗？

人伦对神仙来说这样不值钱。

得了，

您老兄就算博大精深我也领教了，

但兄劝我写一本儿媛媛倒不反感。

既然神仙都断定我舍此没大出息了，

那就应该踏踏实实地把功课做完。

……

一个猛怔翻身坐起，

南柯一梦到了终点。

一家伙把卢刚吓了一跳，

"哥们儿，

就说迷瞪会儿，

这一觉竟是一宿一天。

哥们儿姐们儿走时让好好儿照顾你，

大家都觉得你丢了徐小媛是有点儿可怜。

这趟你上哪儿梦游去了？

又哭又笑地折腾没完。

上午连摇带拽你都不醒，
你是人不是？
是人总还得吃饭。
他转身一边儿去厨房一边儿说：

"冰箱里还有啤酒酱牛肉。
不过我看你还是别喝了，
回头给你弄碗面。

再喝回他妈又死过去，
这事儿就真的很讨厌。
聚会之前你是中了彩还是受了窝囊气，
到这儿梦里来放癫。"

"哎！"
他在厨房喊：
"你又不是大爷来帮帮我，
别老那儿坐着像个呆罐。"

我赶紧找鞋下地过去，
嘟囔着：
"我去了人间圣殿，
噢，
不，
是天上人间。"

"什么？

人民圣殿！

那是美国的一个邪教，

那个混蛋老大什么想不出的坏事儿他都干。

据说是个专司祸害女孩儿的淫窝，

早让 FBI[①] 给连锅儿端了。

你做梦跑那儿干吗去了？

噢，

我倒忘了，

你是个伪君子，

从小儿就是个十足的坏蛋。"

"我说，

这事儿你怎么那么清楚，

不是好像已过去了好些年？"

"你知道，

那年我人大新闻系刚进修完，

老丈人介绍去中国新闻社打工当班。

那条儿消息就是我们处室翻译编发的，

所以这事儿印象不浅。"

---

① FBI 是美国联邦调查局的英文缩写。

"噢，

我梦里去的是天上人间。

待会儿你不想听我谈谈？"

"得了，

你赶紧吃完打道回府吧，

明天我媳妇儿带着闺女就从娘家回来了。

我好歹得归置归置这屋子，

你没看这儿跟刮了台风一样乱。

你没说错，

我这儿就是天上人间，

老丈人夫妇让我俩带孩子过去住，

一百好几十平连带向阳的大房间。

那就算是天堂了吧？

可是你往楼下看，

我这儿左边是公园超市和医院，

右边是小学和中学——

一个区重点，

一个市重点。

别看我这套破房一般般，

可坐落在黄金地段，

出手就是五百万。

我闺女说话念书了，

所以我和媳妇儿决定：

不去天上，

就住人间。"

我一想也是，

我命里的纠结，

和人家有何相干？

快回去静下心来，

好好整理一下这个难得的梦。

有一些懵懂的东西还没太明白，

有许多恍惚的情结正气绕魂牵。

有一说是事情都是心诚则灵，

那此梦莫不是神的安排？

我的痴情感动了上天，

安排我去见媛媛。

天上应该是她的魂儿，

那地上就去找她的人儿。

媛媛呀，

我一定要和你在人间相见！

这事儿得快，

瞧天上那样儿，

你已被灌了迷魂汤患了失忆症，

再耽搁还不知出什么麻烦。

你是我媳妇儿说好了的，

可千万别让人当星星给镶在天边。

对了，

什么天来的？

噢！

三十三层，

离恨天。

（小说体裁脱稿于 1996 年，自由体诗歌形式完成于 2016
年一个春夜，于北京。）

结束语

月亮神般的女生让人遐思，
憧憬夜空神秘的星芒。
纯净灵魂中那颗青涩果核儿，
坚贞地默问着如水的月光。

人世艰辛终把灵魂磨砺，
恍惚前行续写脚步彷徨。
轨迹不曾设计圆满，
命运的回答捉弄可怜的小样。

俗套的故事又是啥无猜两小，
用执拗和天真描画陈年过往。
岁月掩饰了浪漫的苍痕，
时光把悲喜在江湖相忘。

回味嵌入生活的感悟，
追索曾经的两两双双。
深情和依恋哪堪失之交臂，

风雨兼程竟没顾得上。

玩味与翻阅的闲情逸致，
陈与义的《临江仙》跃然纸上。
纵使黎明仍迷恋昨夜星辰，
那个秋夜却在星空下金风送爽。

有首老歌儿叫《秋水伊人》，
旧黑胶唱片儿的封套已斑驳泛黄。
偶尔还从旧橱搜出几本儿老书，
曹霑的《石头记》全是线装。

那里的插图都缺乏韵味儿，
可那篇儿故事总叫人神伤。
儿时说是有人画楼上做了个梦，
那楼上红颜红灯红得心慌。

后来就在大人们面前大言不惭，
说也要写个啥梦唱到地老天荒。
刚知道了美少女还兴叫红颜，
我的《红颜梦》跟《红楼梦》比比谁棒。

大人们笑着呷茶相觑不语，
刚认识千把字儿的孩子言词放荡。
该让他懂得什么叫文化，

在曹翁红学前敢如此张狂。

妈说快去先把功课做完，
爸说他挨揍还是没把记性长，
啥写呀唱的都是胡咧八扯，
不许再惦记人家女生同窗。

直到自己也带了学生，
才体会这中小学生早恋有多混账。
生活不能够是少年的梦，
青春的成长容不得鹜旁。

可确曾梦到去过一趟天庭，
没忘了坚守孩提的梦想。
后来神仙还给留了份儿作业，
好多年这支笔就一个劲儿铺张。

这本儿《红颜梦》真的是太长了，
如今鲜有人还抱本儿书啃荒。
为不扫兴先摘出"北新桥"这段儿，
现在就从发小儿给您浅斟低唱……

图书在版编目（CIP）数据

北新桥的传说 / 萧平著 . —北京：中国民族文化
出版社有限公司, 2020.8
ISBN 978-7-5122-1357-9

Ⅰ . ①北… Ⅱ . ①萧… Ⅲ . ①诗集—中国—当代
Ⅳ . ①I227

中国版本图书馆 CIP 数据核字 (2020) 第 084259 号

北新桥的传说

作　者	萧　平	
责任编辑	江　泉	
责任校对	陈　馨	
出 版 者	中国民族文化出版社　　地址：北京市东城区和平里北街14号	
	邮编：100013　联系电话：010-84250639　64211754（传真）	
印　装	天津雅泽印刷有限公司	
开　本	170mm×240mm　16开	
印　张	21.5	
字　数	160千	
版　次	2020年9月第1版第1次印刷	
标准书号	ISBN978-7-5122-1357-9	
定　价	86.00元	